JN110266

警視庁アウトサイダー

The second act 2

加藤実秋

角川文庫
23464

目次

主な登場人物

水木直央《みずきなお》
二十三歳。警察学校を卒業後、警視庁桜町中央署の刑事課に配属され、架川・蓮見班に入った新人刑事。本当は事務職希望。明るく素直で行動力はあるが、あまり深く考えずに動いてしまうため、行き当たりばったりなところも。

蓮見光輔《はすみこうすけ》
二十七歳。桜町中央署刑事課のエース。観察眼と鋭い推理力を武器に、数々の事件を解決に導いている。爽やかな容姿と柔らかい物腰で老若男女を問わず人気だが、実は過去の出来事が原因で、ある大きな秘密を抱えている。

架川英児《かがわえいじ》
五十二歳。本庁組織犯罪対策部組織犯罪対策第四課、通称・マル暴から桜町中央署刑事課に左遷され、光輔とコンビを組むことに。型破りな捜査で事件を解決に導く一方、光輔の秘密を知り、マル暴に返り咲くための点数稼ぎに協力させている。

矢上慶太《やがみけいた》
五十五歳。光輔たちが所属する刑事課の課長。真面目で心配性。定年までのあと五年を平穏に過ごしたいと願っている。捜査のモットーは「基本に忠実に」。

羽村琢己《はむらたくみ》
三十五歳。本庁警務部人事第一課人事情報管理係所属。光輔とは学生時代からの付き合いで、秘密を知る協力者。

第一話　時効五日前

1

殺される。

自分を見下ろす相手の眼差《まなざ》しに怯《おび》え、水木直央《みずきなお》は目を伏せた。焦りも湧き、先制攻撃しかないと両手を上げた。が、それより早く向かいから相手の両手が伸びて来て、直央の胸ぐらを摑《つか》んだ。

直央が驚く間もなく、相手はぐいと両手を下に引いて勢いを付けた。続けて胸ぐらから放した手の片方を直央の首の後ろに回し、もう片方で直央の上衣《うわぎ》の右袖《みぎそで》を摑む。そして直央を自分に引き寄せ、腰を落として体を捻《ひね》った。

「ひっ!」

相手に背負われる格好で体が宙に浮き、直央は短い悲鳴を漏らした。次の瞬間、視界がぐるんと回転し、横向きで投げ飛ばされた。とっさに伸ばした手が畳の床をばしんと打ち、体の片側に強い衝撃が走った。

「一本!」

傍らで男の声が上がり、相手の手が直央の体から離れた。

「何やってんだ、タコ」

と凄《すご》みのある声がして、横倒しになった直央の視界に相手の顔が現れた。シワやたるみは五十二の年相応だが精悍《せいかん》な顔立ちで、とくに眼差しの鋭さと威圧感は尋常ではない。

「重心がブレてるわ、足は止まってるわ。やる気あんのか？」

そう続け、架川英児《かがわえいじ》は脇から直央の顔を覗《のぞ》き込んだ。

「あります。でも私、警察学校では柔道じゃなく剣道を選択してて」

直央は答え、まだ投げ飛ばされた衝撃の残る体を起こした。二人とも柔道着姿だが、腰に締められた帯は直央は白で架川は黒だ。

「言い訳ばっかりしやがって。そもそもお前は」

眼差しをさらに鋭くして、架川は背が高くがっしりとした体をかがめた。たじろぎ、直央が身を引いた矢先、「まあまあ」とまた声がして、男が駆け寄って来た。

「今の技で、言いたいことは伝わっていますよ。見事な腰車《こしぐるま》でしたね」

男はにこやかに架川に告げ、直央に手を差し出した。彫りの深い整った顔立ちで、やや小柄で細い体には直央たち同様柔道着をまとっている。蓮見《はすみ》光輔《こうすけ》、歳は直央より四つ上の二十七だ。

「すみません」と言って光輔の手を借り、直央は立ち上がった。何か返そうとした架川に、光輔は先回りして告げた。

「次も詰まってますし、今日はここまでにしましょう」

その目は、少し離れた場所に立つ若い男に向いている。「一本!」と声を上げた男で、こちらも柔道着姿だ。後方の壁際には、彼の稽古《けいこ》相手らしき男も立っている。

不服そうな架川だったが「仕方がねえな」と呟《つぶや》き、若い男に「審判ありがとな」と片手を上げて畳を赤いラインで四角く囲んだ試合場を出た。光輔と直央も「ありがとうございました」と一礼して後に続く。広い試合場の中では他にも数組の男たちが稽古中で、蛍光灯が並んだ天井にかけ声や技の決まる音が響いている。男たちは全員ここ、警視庁 桜町中央署《さくらまちちゅうおうしょ》に勤務する警察官だ。

今朝八時。直央が署の三階の刑事課に登庁すると架川は既に自分の席に着いていて、「柔道の稽古を付けてやる」と告げられた。直央は「処理しなきゃいけない書類があるので」と逃げようとしたが架川は聞く耳持たずで、続けて登庁して来た光輔も引き連れ、署の六階にあるこの武道場にやって来た。それから約一時間。光輔と交代で、殺気と威圧感をむんむんと漂わせる架川に挑んでは投げ飛ばされるを繰り返した。

三人で板張りの壁の前に行き、畳の上のタオルを取って汗を拭《ふ》いていると架川が言った。

「お前。警察学校じゃ、『柔道より楽そうだし、ケガも少ないから』って動機で剣道を選んだクチだろ？」

「違います。剣道がやりたかったからで、ちゃんと初段も取りました」

しれっと答えた直央だが、実際の動機は架川の指摘通りで、初段を取ったのも卒業ぎりぎりだ。警視庁の警察学校では男性警察官は柔道または剣道、女性警察官は柔道、剣道、または合気道から一科目を選択し、卒業までに初段を取得するのが望ましいとされている。

「じゃあ、今度は剣道の稽古を付けてやる。俺は剣道も有段者だ」

「え〜っ。それってパワハラの一種じゃ」

異議を唱えようとした直央だったが、「何だと？」と架川に睨《にら》み付けられ黙った。板張りの武道場は敷き詰められた畳を上げると、剣道場になる。と、架川を挟んで立つ光輔が話を変えた。

「水木さんって、やっぱりお嬢様なんだね」

「はい？」

とっさに訊《たず》ね、直央は前にも光輔に同じようなことを言われたと思い出した。あれは三カ月ほど前の初夏。架川と三人である万引き事件を捜査した時で、場所はこの署にほど近い商店街の中の食堂だった。

「未経験者が術科《じゅつか》教養で剣道を選んだら、十万円ぐらいする防具を買わなきゃいけないでしょ？　うちは無理で、柔道にしたよ」

笑いながら問い返し、光輔は片手で腰の黒帯を指し、もう片方の手で脚をさすった。脚は架川に投げられた時にどうかしたのだろう。胸の前でタオルを握り、直央は「いえいえ」と首を横に振った。

「蓮見さん、誤解してます。うちは母一人子一人の、ごくありふれた庶民です。防具だって、元警察官の母が使ったものが家にあって」

「そうなんだ。でも、誤解じゃない気がするな。前にも言ったけど、水木さんは食事の時の箸使《はしづか》いがすごく巧《うま》くて品もある。お母さんが働いてるから、よくおじいさんが面倒を見てくれてたんでしょ？　そのおじいさんの家がすごい名門なのかもって、架川さんと話してるんだ」

「だから、違いますって」

再度首を横に振りながらも、直央は内心で「鋭い。さすがは刑事課のエース」と感心した。母方の祖父母は新潟で小さな食料品店を営んでいるが、亡くなった父方の祖父母の家は麻布《あざぶ》にあり、親族の職業は官僚に弁護士、大学教授とエリート揃いだ。しかし同時に、「架川さんは私の育ちなんて興味なさそうだけど」という疑問も湧き、その横目で隣を覗《うかが》った。架川は何も聞こえないようで顔や体の汗を拭《ぬぐ》っている。と、その

時、

「ちょっと」

と声をかけられ、直央は振り返った。架川と光輔も首を動かす。

武道場の出入口の方から、女が近づいて来る。見覚えのある顔だと思ったら、以前万引き事件の時に会った仁科素子《にしなもとこ》だ。桜町中央署刑事課鑑識係の係員で、年は確か三十六。ほぼすっぴんの顔に度の強い黒縁のメガネをかけ、長い髪を頭の後ろで無造作に束ねている。大柄でずんぐりとした体を包むのは、制服の青いジャンパーとパンツだ。

「おう」

最初に架川が応《こた》え、直央と光輔も「お疲れ様です」と会釈をした。仁科は架川の前で足を止め、ぼそりと言った。

「話があります。一緒に来て下さい」

「いきなり何だよ。穏やかじゃねえな」

からかうように返す架川に、仁科は口調を強めてさらに言った。

「いいから。来て下さい」

そしてくるりと身を翻し、白いソックスの足で出入口へと戻りだした。眉《まゆ》をひそめた架川だったが、直央たちに「先に刑事課に戻ってろ」と告げて仁科の後を追った。

直央がその背中を眺めていると、光輔が言った。

「どうしたんだろう。仁科さんが架川さんを訪ねて来るなんて、初めてだよ」

「そうなんですか？」

振り向いた直央に、光輔は「うん」と頷《うなず》く。視線を戻すと、架川と仁科は開け放たれた出入口のドアから廊下に出て行った。むらむらと好奇心が湧き、直央はタオルを柔道着の懐に押し込んで二人の後を追った。ドアから窺《うかが》うと、仁科は武道場の隣にある用具室のドアを開けて入り、架川も続いた。素早く身を翻し、直央は来た道を戻った。光輔の前を通り過ぎる時、

「どうしたの？」

と訊《き》かれたので、足を止めず武道場の奥にある木製の引き戸を指して問い返した。

「架川さんたちは用具室に入りました。武道場と、あそこで繋《つな》がってるんですよね？」

「そうだけど」

怪訝《けげん》そうに光輔が頷き、直央は「よし」と呟いて足を速めた。引き戸の前まで行って周囲を窺い、かがみ込む。

「盗み聴きはよくないよ」

かがめた身を乗り出し、引き戸に耳を寄せていると後を付いて来た光輔に言われた。直央は返した。

「だって、怪しいじゃないですか。『あの時の写真』の真相がわかるかもしれないし」

警察学校卒業と同時に特別選抜研修の名目で桜町中央署の刑事課に配置されて、間もなく半年。架川・蓮見班に振り分けられた直央は二人といくつかの事件を捜査するうち、架川と仁科が旧知の仲だと知った。加えて、架川は仁科が公表したくない写真を持っていて、それをチラつかせては、仁科に非公式な鑑識作業をさせている様子だ。

引き戸に押しつけた耳を澄ませたが、稽古の声がうるさくて何も聞こえない。直央は体を起こし、片手で引き戸の埋め込み式の取っ手を摑《つか》んだ。そして「失礼します」と申し訳程度に声をかけ、取っ手をわずかに引いた。空いた隙間に目を近づけ、用具室を覗《のぞ》く。

室内は意外と広く、傍らの窓から日が差し込んでいる。手前に畳が積み上げられ、溶接した鉄パイプに面と胴、小手を装着させた剣道の打込台《うちこみだい》が置かれているのもわかった。奥の壁には棚が作り付けられ、その前に仁科と架川が向かい合って立っている。

「あそこ」と振り向いて囁《ささや》きかけると、光輔は「まったく」と息をついた。が、彼も引き戸に歩み寄り、直央の後ろで身をかがめて用具室を覗く。直央が隙間に向き直った時、架川が口を開いた。

「どうした？　貸す金はねえぞ」

柔道着の胸の前で腕を組み、向かいに訊ねる。と、仁科は「この事件、知ってますか?」と問い返し、パンツのポケットから紙片を取り出して架川に渡した。新聞記事の切り抜きのようだ。

「強盗か」

切り抜きを見て架川が言い、仁科は「はい」と頷いた。

「十年前の十月十一日。東京都杉並《すぎなみ》区で、女性が自宅に押し入った男に現金八百万円を奪われました。所轄の阿佐谷《あさがや》署が捜査しましたが、男は逮捕されていません」

仁科はそう続けたが、ぼそぼそ喋《しゃべ》るので聞き取りにくく、直央は耳を澄ませた。

「そうか。十年前の十月十一日なら、時効まで今日を入れて五日だな」

架川が言い、仁科は「はい」と頷いて目を伏せた。しばらく黙った後、仁科は意を決したように顔を上げた。

「架川さん。この事件を捜査してもらえませんか？」

「理由は？　お前はこの事件と関係があるのか？」

すかさず問われ、仁科は答えた。

「事件の被害者《マルガイ》は自宅近くで喫茶店を経営していて、私はその店の常連だったんです。お願いします。力を貸して下さい」

口調に変化はないが、架川に向けられたメガネの奥の目は切羽詰まっている。

確かに強盗罪の公訴《こうそ》時効は十年だけど。意外な展開に、直央はどう答えるのかと架川に見入った。後ろの光輔も、同じようにしているのを感じる。

ふんと鼻を鳴らし、架川は仁科の眼前に切り抜きを突き出した。断るの？　直央は思い、仁科は固まる。すると、架川は言った。

「わかった」

その答えに仁科は小さな目を見開き、直央も驚いた。

「ただし、こっちのやり方でやる。グチや文句はなしだ。いいな？」

そう続け、架川は再度切り抜きを突き出した。目を見開いたまま「はい」と返し、仁科は切り抜きを受け取った。「よし」と呟《つぶや》き、架川はくるりと引き戸を振り返った。

そして隙間から覗く直央と光輔の目を見据え、

「お前らもだ」

と告げた。

ぎょっとして、直央は隙間から身を引いた。その拍子に光輔の足の上に尻餅《しりもち》をついてしまい、光輔は「痛っ！」と声を上げる。「すみません！」と直央は尻を上げたが、勢いがよすぎて背中が光輔の脚にぶつかる。バランスを崩した光輔は「うわっ！」と叫んで仰向《あおむ》けで畳に倒れ、光輔の足に尻を押し上げられた直央も前のめりに倒れ、頭を引き戸にぶつける。ごん、と鈍い音がして直央の額に痛みが走った。その直後、がらりと引き戸が開き、頭の上で架川が言った。

「バレバレなんだよ。覗くなら、もっと上手《うま》く覗け。それでも刑事《デカ》か？」

「すみません」

俯《うつむ》いて片手で額を押さえながら直央は言い、そこに光輔の「すみません」も重なった。

2

四人で武道場を出ると仁科は、「適当な理由で係長に外出の許可を得る」と告げて歩き去った。直央たちも身支度を調えて三階に戻り、刑事課長の矢上慶太《やがみけいた》に「鑑識係から『ある事件で意見を聞きたい』と要請があったので、協力したい」と申し出た。刑事課はいま大きな事件は抱えておらず、矢上は許可してくれた。

「どういうつもりですか？　十年捜査してもダメだったヤマが、たったの五日で解決する訳ないでしょう」

眉をひそめて訊《たず》ね、光輔は隣の架川を見上げた。直央たち三人は署の建物を出て、駐車場の一角に停めた刑事課のセダンの前に立っている。架川は無言。黒地に白いストライプのダブルスーツのポケットから、レンズが薄紫色のサングラスを出してかけた。ダブルスーツの素材は薄手のウールで、光輔と直央のスーツも秋物。晴天で、からりとした空気が心地いい。

　架川を挟んで立つ光輔を見て、直央も言った。

「警察官になる前は、時効までにホシを逮捕すればいいと思ってました。でも実際は逮捕できても東京地検が起訴してくれないと、時効は停止にならないんでしょう？取り調べや送致の手続きで二週間はかかるはずだし、どのみち手遅れですよね」

「いや。五年ぐらい前に、埼玉で時効の二日前の夜に強姦《ごうかん》事件の容疑者を逮捕して、翌日には地検が起訴ってケースがあるにはあったけどね」

　渋い顔で光輔が返し、直央は「へえ」と感心する。たちまち架川が捲《まく》し立てた。

「ほら見ろ。世の中、『為《な》せば成る、為さねば成らぬ、何事も』なんだよ」

「何ですか、それ。早口言葉？　そもそも、何で仁科さんの依頼を受けたんですか？後々、捜査で便宜を図ってもらえるからとか？」

　直央の問いかけに架川は不機嫌そうに顔をしかめ、答えた。

「ふざけんな。俺がそんなセコい算段をする訳ねえだろ」

　いやいや。写真一枚で脅して、無茶させてるでしょ。思わず浮かんだ突っ込みを堪《こら》え、直央は「ですよね～」と作り笑顔で返した。それを鬱陶《うっとう》しげに横目で睨《にら》み、架川は胸の前で腕を組んだ。

「仁科は鑑識の腕は一流だが他人に無関心で、人付き合いも悪い。そんなあいつが常連になるってことは、何か事情があるんだろう。ましてや俺に『お願いします』と頭を下げるなんざ、尋常じゃねえ。突っぱねられるかよ」

途中からは真顔になり、鋭い眼差《まなざ》しは前方に建つ桜町中央署の署屋に向けられている。つられて前を向いた直央の目に鉄筋六階建てのやや古びた署屋と、その裏手にある通用口を出入りする署員たちの姿が映った。

「それはそうですけど……なんだかんだ言って、お人好《ひとよ》しなんだよなあ」

後半は独り言めかして言い、光輔がため息をつく。頷《うなず》き、直央も言った。

「ですよねえ……やるなら一人でやればいいのに」

とたんに、架川は「うるせえ」と白いエナメルの靴で光輔のふくらはぎを軽く蹴《け》り、直央を睨んだ。

「お前、俺らはコンビじゃなくトリオだと夏に言ったじゃねえか。トリオってのは、三位一体《さんみいったい》。常に行動を共にし、一蓮托生《いちれんたくしょう》、死なば諸共《もろとも》なんだよ」

「はあ」

気の抜けた相づちを打った直央だが、内心では自分の言葉を覚えてくれていたのかと、少し嬉《うれ》しくなる。が、光輔は納得がいかないらしくさらに言った。

「なんか漢字を並べてごまかそうとしてる気が。そもそも、三位一体の本来の意味はキリスト教の教義《きょうぎ》で」

「うるせえ！　つべこべ言うな。俺がやると決めたんだから、お前らもやれ」

　顔を険しくして、架川がわめいた。その声に驚き、駐車場の前の通路を通りかかった制服姿の警察官が振り向く。慌てて光輔が「すみません。大丈夫です」と警察官に笑顔で会釈し、直央は「子どもか。おっさんなのに」と心の中で突っ込む。と、

「お待たせしました」

　と声がして、通路を仁科が近づいて来た。制服から白いシャツにベージュのスラックスに着替えているが、すっぴんと無造作に束ねた髪はそのままだ。

3

　四人でセダンに乗り、桜町中央署を出た。目的地に向かう車中で仁科が、強盗事件の概要を説明した。

　十年前の十月十一日、午前零時過ぎ。杉並区成田南《なりたみなみ》五丁目の自宅で就寝中だった吉《よし》海明世《かいあきよ》は、物音で目覚めた。様子を見に行くと、居間のタンスを物色する男を発見。全身黒ずくめでニットの目出し帽をかぶった男は明世に刃物を突き付け、「かねをだせ」と書かれた紙も見せて脅した。明世が寝室の押し入れにあった現金八百万円を渡すと男は立ち去り、明世は警察に通報。阿佐谷署の警察官が駆け付け、捜査が開始さ

れた。

明世は押し入って来た男について「年齢は五十代後半から六十代。身長一七〇センチぐらいで、中肉。でも目出し帽をかぶって何も喋らなかったから、誰かはわからない」と証言し、「思い当たる人はいないし、狙われたり恨まれたりする覚えもない」とも話した。また凶器については、「刃渡り二十センチぐらいの包丁」と話した。現場の鑑識では男のものと思《おぼ》しき指紋や毛髪は検出されなかったが、足痕《ゲソコン》は見つかり、ホシは二十六センチのスニーカーを履いていたと判明した。だがスニーカーは量産品で特定は難しく、また裏口をこじあけたのも日本中のホームセンターなどで売られているバールだった。その後の聞き込みでは目撃者は見つからず、これといった手がかりがないまま、事件は五日後に時効を迎えようとしている。

三十分ほどで目的地の事件現場に到着し、直央はセダンを通りの端に停めた。四人で降車し、通りの向かいを眺める。地下鉄南阿佐ケ谷《みなみあさがや》駅にほど近い住宅街だが、現場は駐車場になっていた。

「事件発生当時には、この家が建っていました」

ぼそりと仁科が言い、スラックスのポケットからスマホを出して隣の架川に渡した。架川はスマホの画面に見入り、直央と光輔も歩み寄って覗《のぞ》く。画面には平屋の戸建住宅の写真が表示されていた。小さく古い家だが庭木などの手入れは行き届き、玄関脇では鉢植えの菊が白や黄色の花を咲かせていた。

「侵入するのは簡単そうですね」

写真を見ながら光輔がコメントし、仁科は「うん」と頷いた。

「事件当夜、マルガイは全ての窓とドアを施錠してた。でもホシは北側にある勝手口のドアのカギをこじ開けて侵入したんだ」

「マルガイは今どうしてる？　金は奪われたが、無傷だったんだろ？」

架川が問い、仁科は答えた。

「死亡しました。マルガイは独り暮らしで、奪われた八百万円はこつこつと貯めた老後の蓄えの一部でした。もともと持病があったようですが事件後は目に見えて元気を失い、経営していた『ぐあてまら』という喫茶店も閉じて、翌年の春に亡くなりました。遠縁の人が片付けをして、この土地を売ったそうです」

そう続け、仁科は架川の手からスマホを取って操作し、画面を掲げた。架川、光輔とともに直央が画面を覗くと写真が表示され、木製の椅子に座ってこちらを振り向く五、六人の男女とその奥にある木製のカウンター、カウンターの中に立つ小柄で白髪頭をベリーショートにした年配の女が写っていた。

「これが吉海明世さん。事件の三ヵ月前に撮ったものです」

仁科の丸く太い指が伸びて来て、年配の女を指す。明世は手にガラスのコーヒーポットを持ち、後ろにはカップが並んだ棚がある。ぐあてまらの店内で撮影されたものだろう。

直央はきりりとした雰囲気の明世を確認してから、カウンターの男女に見入った。他が全員中高年なので、端の椅子に腰かけているのが仁科だとすぐに気づく。同時に直央は、

「仁科さん、変わらないですね」

と声を上げていた。無造作に束ねた髪と縦にも横にも大きな体はもちろん、ほぼすっぴんの顔の色艶《いろつや》や肌のハリも今とほぼ同じだ。

「悪かったね、老《ふ》け顔で」

ぶっきら棒に仁科が返し、架川がぶっと噴き出す。直央は慌てて首を横に振った。

「違います。その逆。滅茶苦茶《めちゃくちゃ》若いじゃないですか」

「どうでもいいよ。で、どうする？」

そう訊《たず》ね、仁科が架川を見る。すると架川は隣の光輔を見て顎《あご》を動かした。「任せた」という合図か。やれやれといった様子で俯《うつむ》いた光輔だったがすぐに表情を引き締め、仁科に向き直った。

「迷宮《おみや》入りする事件《ヤマ》の多くは、初動捜査に問題があります。この強盗事件も同じという気がしますが、どうですか？」

光輔に訊《き》き返され、仁科は無表情に「鋭いね」と呟《つぶや》き、頷いた。

「強盗事件が起きた時、阿佐谷署は女子大生が元交際相手に殺害されたヤマも抱えて、手一杯だった。それに当時杉並区内では外国人の窃盗団による連続強盗事件が発生してたから、阿佐谷署は明世さんのヤマも窃盗団の仕業だと決めつけて、適当な捜査しかしなかった。だから私は、このヤマを諦《あきら》めきれなかったんだよ」

口調に変化はなかったが、「適当な捜査」という言葉には仁科の怒りともどかしさが滲《にじ》んでいた。

過去の写真をネタにいいように使われていることもあり、仁科にとって架川は天敵のようなものだ。その天敵に頭を下げるには、相当な葛藤《かっとう》があったはずだ。そう思うと仁科が気の毒に思え、同じように思ったのか、光輔も真顔で「そうだったんですか」と頷《うなず》いた。

「聞いた話では、この近くの防犯カメラに不審な男が映っていたらしい。でも阿佐谷署の捜査員は、『後ろ姿だけだから使えない』と判断した……使えないのは、あんたらだろ」

最後の毒は目を伏せて吐き、仁科は口を引き結んだ。その姿に直央が見入っていると光輔は、

「気持ちはわかりますが、とにかく阿佐谷署に行かないと」

と返し、スーツのジャケットのポケットからスマホを出した。

4

五分ほどで、南阿佐ヶ谷駅にほど近い阿佐谷署に着いた。一階の受付で光輔が名乗ると、すぐにスーツ姿の若い男がやって来た。

「刑事課の家城《やしろ》さんですか？　突然申し訳ありません。桜町中央署刑事課の蓮見です。こちらも刑事課の架川警部補と水木巡査。そちらは鑑識係の仁科巡査部長です」

愛想と滑舌よく光輔が挨拶《あいさつ》すると若い男は「どうも」と会釈し、メガネ越しに直央たちを見た。仁科の話によると、異動や退職などで事件発生当時の捜査員は一人も阿佐谷署に残っていないらしい。

「成田南の強盗事件ですよね。資料を閲覧されたいとか」

「ええ。別の強盗事件を捜査中なんですが、たまたまこの近くを通りかかって成田南のヤマが参考になるかもと閃《ひらめ》きました。お手数をおかけします」

「いえ。間もなく時効になるので、資料を確認していたところです。どうぞ」

そう言って廊下の奥を指し、家城は歩きだした。案内されたのは二階の小さな会議室で、長机と椅子が向かい合う形でセットされている。間もなく、部屋を出た家城が段ボール箱を二つ抱えて戻って来た。直央と光輔が段ボール箱を受け取って長机の上に置き、歩み寄って来た仁科が蓋《ふた》を開けた。一つの箱には捜査資料、もう一つには現場から押収した証拠品が入っている。証拠品の箱からジップバッグに入ったドアのカギ金具や、ホシが履いていたのと同型と思われるスニーカーなどを摑《つか》み上げ、仁科は訊ねた。

「防犯カメラのデータは？」

愛想の欠片《かけら》もない態度に、家城は怪訝《けげん》そうな顔をする。と、その前に笑顔の光輔が身を乗り出した。

「事件発生当時、現場近くの防犯カメラに不審な男が映っていたと聞いています。その映像を見せていただけますか？」

「でしたら、映像をプリントアウトしたものが捜査資料にありますよ」

「家城さん。実はこの水木は新人で、研修中です。鑑識のノウハウを学ぶ貴重な機会ですし、できれば映像で確認したいのですが、ご協力いただけませんか？」

流れるような口調で告げ、光輔は「お願いします」と頭を下げた。唐突に自分の名前が出て直央は驚き、その脚を隣の架川が軽く蹴《け》る。直央が振り向くと、「お前もやれ」と命じるように顎を動かした。直央は慌てて「お願いします！　勉強させて下さい」と頭を下げた。

「わかりました。いま持って来ます」

仕方がないといった様子で家城はドアに向かい、光輔が体を起こしながら「よくやった」と言うように直央に目配せしてきた。仁科はこちらを見向きもせずに自分のバッグからノートパソコンを出し、長机の上にセットしている。

少しして、紺色のUSBメモリーを手にした家城が戻って来た。USBメモリーを受け取った仁科はノートパソコンのポートに差し込み、椅子を引いて座った。まず架川、続いて光輔と直央が仁科の後ろに移動し、家城も続いた。

仁科は慣れた手つきでノートパソコンを操作し、USBメモリーの中のデータを開いた。液晶ディスプレイの中央に、日付がずらりと並んだ四角い枠が表示される。

「十月十一日。これだね」

そう告げ、仁科は枠内の事件発生日を指した。同時にノートパソコンを操作し、動画を再生した。薄暗いモノクロで手前にブロック塀、中央にアスファルトの通りが映っている。左上に表示された日時は十年前の十月十一日の午前零時だ。

仁科はノートパソコンのタッチパッドに指を走らせ、映像を早送りした。通りはずっと無人だったが、午前零時半前になると枠内の手前に黒い影が現れた。影はつばの長いハットを目深にかぶった男で、仁科は早送りを止めた。直央たちが見守る中、ハットの男は早歩きで進み、振り返ることなく通りの先に消えていった。時間にして、五秒あるかないかだ。

　仁科は映像を巻き戻し、再度再生した。枠の中にハットの男が現れ、通りを歩いて行く。ハットの男が通りの真ん中に差しかかり、全身が露《あら》わになったところで、仁科は映像を止めた。仁科がずいと身を乗り出し、後ろの直央たちも倣う。ハットの男は中肉中背で、黒いジャンパーと黒いスラックス、スニーカーを身につけている。雰囲気からして中年で、明世もホシは「五十代か六十代だと思う」と証言している。このハットの男がホシで、ほぼ間違いないだろう。

「この映像とゲソコン、マルガイの交友関係から、ホシと思われるハットの男に該当しそうな人物が何人か浮かびましたが、全員にアリバイがありました」

　少し当てつけがましく家城が言い、「そうですか」と光輔が応《こた》える。と、仁科はまた映像の早送りを始めた。

　男が歩き去った後はずっと無人だった道路だが、三十秒ほど早送りを続けたところ、通りの先から人影が現れた。仁科は映像の早送りを止め、再生に戻す。白いジャージの上下を身につけた男のようだ。片手でスマホを弄《いじ》り、もう片方の手にはリードを持ち、その先にはチワワらしき小型犬がいた。

「この通りに脇道はありませんよね？　時間からして、彼はホシとすれ違っているはずです」

「彼」と言う時には映像のジャージの男を指し、光輔は問うた。

「ええ。でも、ずっと俯《うつむ》いてスマホを弄っていますよ」

家城の言葉通り、ジャージの男は俯いてスマホの画面に見入っていて、顔がよく見えない。するとその直後、ジャージの男の足下を歩いていたチワワが立ち止まった。気になるものを見つけたらしく、路上に鼻を押しつけるようにして通りの端に向かう。つられてジャージの男も足を止めたが、俯いたままだ。チワワは夢中になって何かの臭いを嗅《か》ぎ、それが二十秒ほど続く。と、ジャージの男がリードを引き、ぱっと顔を上げてチワワに何か言い、また俯いた。それに反応してチワワは歩きだし、男も倣う。そして二人は映像の枠の手前に消えていった。

「顔は上げましたけど、ほんの一瞬でしょう。ホシとすれ違った時も、スマホしか見ていなかったんじゃないかな」

家城は言い、光輔が何か応えようとする。と、仁科が、

「一瞬で十分《じゅうぶん》」

と低い声で告げ、ものすごい勢いでキーボードを叩《たた》き始めた。家城と光輔が振り向き、直央と隣の架川は前方に身を乗り出した。

「防犯カメラに映った人物の顔を明確にする場合、解析ソフトを用いての画像解析を行う。その主な作業は、画像の鮮明化と計測」

手を止めず、仁科が喋《しゃべ》りだした。大きくはきはきとした口調。加えて、その声は澄んで柔らかく耳に心地いい。

まるで別人のような変化に直央は驚き、家城もぽかんと仁科を見ている。が、架川は平然として、光輔には「水木さんに説明しているんだよ」と促された。

はっとして直央が視線を前に戻すと、ノートパソコンの液晶ディスプレイには鑑識係の解析ソフトらしき画面が表示され、黒と白のモザイクが映っていた。ぼやけて輪郭もはっきりしないが、白い部分は人の顔だとわかる。ジャージの男が顔を上げた瞬間の画像を拡大したのだろう。

「鮮明化の第一段階は、拡大。対象者の顔をクローズアップし、モザイク状のマス目、すなわちピクセルを表示させる。次に並んだピクセルとピクセルの間の色を、近接するピクセルの色を元に推定していく。これを近接《きんせつ》処理と言い、いわばピクセルとピクセルの境目《さかいめ》を周囲の色に合わせ、ぼかしていく作業」

「はい」

思わず直央は応え、仁科は振り向かずに手を動かし続けた。と、エンターキーを押す音がして画面に表示された男の頭頂部髪の黒と、背景のブロック塀の白が濃くなる。次の瞬間、その部分のピクセルの四角い輪郭は消え、頭頂部の髪の一部分とその後ろのブロック塀がクリアな画像で現れた。驚き、声を上げようとした直央だったが、光輔に口の前に指を立てるジェスチャーで止められた。

その後しばらく作業を続け、仁科は手を止めて息をついた。直央が液晶ディスプレイを覗《のぞ》くと、表示されたジャージの男の顔からピクセルは消え、彼が髪の下半分を刈り上げたツーブロックヘアで、耳にフープ型の小さなピアスをしているのがわかった。

「防犯カメラの画像解析については警察学校で習いましたけど、実際に見るのは初めてです。画像の細部をぼかすことで鮮明な画像を得るっていうのが、面白いですね」

直央が感心すると、仁科は「いいところに気づいたね」と前を向いたまま返した。褒められたのは嬉《うれ》しかったが、画像はピントがいまいち甘く、ジャージの男の目鼻立ちがはっきり見えない。すると、仁科は言った。

「続いて計測。人間の顔は解剖学的に大別して鼻部《びぶ》、口部、おとがい部、眼窩《がんか》部、眼窩下部、頬骨《きょうこつ》部、頬《きょう》部、耳下腺咬筋《じかせんこうきん》部の八つに大別され、各部は左右に二ヵ所ある。さらに外皮《がいひ》部、シワ・ほくろ、頭髪、眉毛《まゆげ》なども加わって、人の顔が正面から判別可能になるまでには二百五十六もの測定点を要する。これらの測定結果を数値・可視化し、各測定点間の距離の指数を用いて、異同比較、すなわち両者の相違点の比較を行う……少し時間がかかるよ」

最後はいつものぶっきら棒な口調に戻り、仁科が直央たちを振り向いた。その肩越しに見えた液晶ディスプレイではジャージの男の顔には、ＣＧ画像を作る時に使う、縦横に走る線でできたマスクのようなものが被《かぶ》せられている。

それから仁科は作業に没頭し、光輔と直央は捜査資料に目を通した。が、架川が「腹が減った。出前のメニューを持って来い」と家城に命じ、それを咎《とが》めた光輔と言い合いが始まった。直央も加わって架川をなだめていると、後ろで、

「終了」

と声がした。みんなで一斉に振り向くと、仁科は席を立ち、ノートパソコンの前を空けた。液晶ディスプレイには、エラが張って目が大きな若い男の横顔の画像が表示されていた。髪型とピアスから、ジャージの男だとわかる。そしてその隣には、同じ男が正面を向いた画像も表示されていた。想像より若く、高校生か大学生といったところか。驚いて直央は二つの顔に見入り、家城も隣に来て液晶ディスプレイを覗き込んだ。

「測定を終えた顔は仮想空間で3D化して再現し、鮮明化した顔の画像と重ねて照合するんだ。これは容貌突合《ようぼうとつごう》という確認作業で、二つの顔がぴったり重なれば再現は成功。こっちの正面のは、画像の向きを変えたものだよ」

仁科が解説し、直央は振り向いて声を上げた。

「すごい。ほんの一瞬の、しかも不鮮明な映像だったのに。この画像を元に聞き込みをすればジャージの男の身元がわかって、ホシの手がかりが得られるかもしれません

よ」

「いや。ショートカットした作業もあるし、再確認しないと……データを置いていくから、ここの鑑識係の人に渡して」

後半は家城に向かい、仁科は告げた。いつの間にか、いつものぼそぼそとした口調に戻っている。呆気《あっけ》に取られたように液晶ディスプレイを眺めていた家城だったが、光輔に「ということで、お願いします」と微笑みかけられ、慌てて体を起こして「はい！」と応えた。


そのあと間もなく、直央たちは阿佐谷署を辞した。セダンに乗り込み、直央の運転で署の駐車場を出る。と、後部座席の架川が言った。

「ジャージの男の画像で家城たちは動くだろうが、身元を割り出してるうちに時効が来ちまうぞ」

「ええ」

「ですね」

光輔と直央が同意し、架川の隣で仁科も頷《うなず》く。窓枠に肘《ひじ》を突いてスラックスの脚を組み、架川は「で、お前の手は？」と問うた。光輔が答える。

「十年前の外国人窃盗団は、裕福な家ばかりを襲っています。一方明世さんは質素な暮らしぶり。外国人窃盗団の犯行ではなく、明世さんの関係者、しかも彼女がお金を貯めていたと知っていた人物の仕業かもしれません……どうですか？」

　今度は光輔が仁科に問う。「うん」と首を縦に振り、仁科はこう続けた。

「明世さんはぐあてまらの常連客に、『銀行は信用できないから、蓄えの半分はタンス預金にしてる』と話してた。私は『危ないからやめなよ』って注意したんだけど、明世さんは『みんな家族みたいなもんだから』って笑ってた。このことは事件が起きた時に阿佐谷署の刑事に伝えたし、捜査もしてた。でも、被疑者《マルヒ》として浮上した常連客には全員アリバイがあったんだ」

「それなら、そのアリバイを洗い直す必要がありますね。あとは……仁科さん。ホシの映像は上手《うま》く持ち出せましたか？」

　後ろを振り向いた光輔に、仁科は自信たっぷりに、

「もちろん。解析作業のどさくさに紛れて、ノートパソコンにコピーした」

と答え、膝《ひざ》に載せたバッグを持ち上げて見せた。驚き、直央はハンドルを握りながら光輔とバックミラーの中の仁科に目を向けた。

「ホシの映像って、防犯カメラの？　ひょっとして、私に画像解析の解説をしてくれたのもコピーを取るため？」

「当たり前でしょ。じゃなきゃ、あんな面倒臭いことしないよ」

仁科が顔をしかめ、光輔は「ごもっとも」と言うように頷く。二人のとっさの判断とパフォーマンスに感心し、直央は訊《たず》ねた。

「あの映像を使って何かするんですか？　ハットをかぶった不審な男の顔は、映っていませんでしたけど」

「顔は必要ない」

きっぱりと答え、仁科は語りだした。

「さっきも言ったように、人間の顔には二百五十六の測定点がある。その中には加齢や体重の増減で変化するものも多いが、眉《まゆ》や頬、鼻の測定点は骨が表皮の近くにあるため、脂肪や筋肉の増減の影響を受けにくい。だから鑑識の現場では顔より、その下にある骨の方を重視する。そしてこの理論を全身に適応すれば、より高い確率で人物を特定できる」

またもや大きくはきはきした口調と、柔らかく耳に心地いい声。メガネの奥の小さな目もきらきらと輝き、まっすぐ前を見ている。戸惑いながら直央は「はい」と返し、セダンの運転を続けた。光輔と架川は黙って仁科の話を聞いている。

「加えて、ホシの目撃証言。今回のヤマでは明世さんは『年齢五十代後半から六十代。身長一七〇センチぐらいで、中肉。全身黒ずくめでニットの目出し帽をかぶった男』と話しているが、信頼性は低い。なぜなら年齢の印象には個人差があり、身長一七〇センチというのも、プラスマイナス十パーセントの誤差を勘案すれば、日本人男性の八十パーセントが該当してしまう。ホシが履いてた靴の二十六センチというサイズも同様。ゆえに注視すべきは、身長ではなく関節」

「関節？」

「そう。正確には、各関節間の距離の構成比」

「……すみません。どういう意味ですか？」

ちょうど前方の信号が赤になったのでセダンを停め、直央は隣を向いた。セダンは環状八号線《かんじょうはちごう》を下っている。時刻は間もなく午後一時で、傍らの歩道には昼休みを終えてオフィスに戻るサラリーマンやＯＬの姿が見えた。直央の方を向き、光輔が口を開いた。

「関節の位置と、他の関節との距離ってことじゃないかな。つまり、全身のバランス」

「正解」と仁科が頷き、直央は首を後ろに回した。

「じゃあホシの関節の様子から、全身のバランスを割り出すんですか？　でも、よほど特徴的な体形じゃないと手がかりにはならない気が」

「違う。割り出すんじゃなく、比べるんだ」

「何と？」

身を乗り出し、直央は問うたが仁科はぼそぼそ口調に戻り、

「見てりゃわかるよ」
と答えて横を向いた。

5

途中で昼食を済ませ、四人で桜町中央署に戻った。直央と光輔、架川は刑事課、仁科は鑑識係に顔を出した後、再び署の駐車場に集まった。阿佐谷に戻る車中で仁科が語ったところ、事件発生当時のぐあてまらの常連客は八人。全員が近隣に住む中高年で、そのうち二人は女性、六人の男性の一人は身長が一八〇センチ以上あり、もう一人は足が不自由で杖《つえ》をついていた。残りの四人に話を聞こうと光輔が捜査方針を示し、セダンは目的地に着いた。

青梅《おうめ》街道にセダンを停め、商店街に入った。JR阿佐ケ谷駅まで延びる長さ約四百メートルの商店街には、二百四十ほどの店があるらしい。光輔たちの後に付き、直央はアーケードの商店街に並ぶ飲食店やドラッグストア、整骨院などを眺めた。途中、かつてぐあてまらがあったという場所も通ったが、チェーンの紳士服店になっていた。

しばらく歩くと、前方で「ここだよ」と声がした。振り向いた直央の目に、立ち止まって傍らの店を指している仁科が映った。理髪店で、出入口の上に「バーバーすぎやま」という看板を掲げ、外壁には赤と白と青の斜線が回転するサインポールの袖《そで》看板が取り付けられている。

　ガラスのドアを開け、光輔を先頭に店内に入った。手前にコミックスが詰まった棚と小さなソファが置かれた待合スペースがあり、奥にビニールレザーのカットチェアが二脚並んでいる。カットチェアの片方には年配の男が座っていて、その髪をトレーナーにジーンズ姿の四十代後半と思《おぼ》しき男がカットしている。

「こんにちは。警察の者ですが、杉山篤弘《すぎやまあつひろ》さんはいらっしゃいますか？」

　光輔が笑顔で警察手帳をかざすと、四十代後半ぐらいの男は「いますけど」と答え、ハサミを持った手を下ろした。カットチェアに座った年配の男も、驚いたように散髪ケープを着た体を動かして直央たちを見る。

「お仕事中すみません。篤弘さんに、お話を伺いたいことがあります」

　年配の男にも会釈し、光輔がさらに言うと四十代後半ぐらいの男は「ちょっと待って下さい」と応《こた》え、店の奥のドアを開けた。ドアの向こうで何かやり取りするような気配があり、すぐに四十代後半ぐらいの男ともう一人の男が出て来た。

「杉山篤弘さんですね？　十年前、ぐあてまらの吉海明世さんが強盗の被害に遭った事件について伺いたいのですが」

「はあ」

面食らったように返し、杉山はぎょろりとした目で光輔を見返した。白髪頭を短く刈り込み、シャツとカーディガンにスラックスという格好だ。阿佐谷署で読んだ捜査資料によれば、杉山は現在七十二歳。事件発生当時はこの理髪店の店主で、ぐあてまらには週に三、四回通っていた。

顔つきは捜査資料の写真と同じだけど、太った？　身長も一七〇センチには少し足りない感じだし、どっちも老化現象か。直央がそう考えていると光輔が振り向き、促すように仁科を見た。光輔の隣に進み出て、仁科が口を開く。

「杉山さん、仁科です。ぐあてまらで、よくお目にかかっていた——」

「もっちゃん⁉　あんた、もっちゃんか？」

仁科を遮り、杉山が声を上げた。とたんに直央の隣で架川がぶっと噴き出し、振り返った光輔に「ちょっと」と咎《とが》められる。仁科も視界の端で架川を睨《にら》んだが、すぐに杉山に向き直り、「はい。お久しぶりです」と答えてジャケットのポケットから警察手帳を出した。

「明世さんの事件がじきに時効になるので、調べ直しています。お話を伺わせて下さい」

「そうか。もっちゃんは警察官になったんだったな……いいよ。俺にできることなら、何でも協力する。向こうで話そうか」

驚いて警察手帳と仁科を交互に見た後、杉山は待合スペースを指して歩きだした。直央たちが後に続き、ソファの奥に杉山、その横に仁科と光輔が座った。直央と架川がソファに脇に立つと、光輔が質問を始めた。

「杉山さんは、ぐあてまらの常連客だったそうですね。明世さんと親しくされていたんですか？」

「商店街の仲間だからね。店を畳んでからも時々様子を見に行ったし、葬式にも出たよ」

「なるほど。明世さんはどんな方でしたか？」

「気さくでさっぱりした、いい人だったよ。コーヒーやランチも旨《うま》くて、客のみんなに好かれてた。あんな事件さえなけりゃねえ」

　ため息をつき、杉山は肉付きのいい背中を丸めた。目鼻立ちが似ているので、四十代後半ぐらいの男は杉山の息子で、今は彼が店を切り盛りしているのだろう。

「そうですね」と眉根《まゆね》を寄せ、光輔は質問を続けた。

「事件の後、明世さんは何か言っていませんでしたか？　犯人の心当たりとか、押し入られた時の様子とか」

「いや。とにかくがっかりしてたから、こっちから事件の話はしなかったし、明世さんも何も言わなかったよ」

「事件の前はどうだ？　誰かに尾行されてるとか、不審な訪問者や電話があったとか話していなかったか？　さもなきゃ、明世さんが誰かに恨まれてたってことは？」

架川も問いかける。杉山は面食らったように黒地に白いストライプのダブルスーツ姿の架川を見上げ、首を横に振った。

「いいや。事件の前日にもぐあてまらに行ったけど普段通りだったし、明世さんが誰かの恨みを買うなんて、あり得ないよ」

「そうですか。では十年前の十月十一日の深夜、どこで何をしていたか覚えていますか？」

再び質問者が光輔に戻る。杉山も視線を元に戻し、答えた。

「そりゃ覚えてるよ。警察に何度も訊《き》かれたし。あの日は親戚《しんせき》の葬式で、店を臨時休業にして家族と郷里の函館《はこだて》に帰ってた。こっちに戻ったのは、翌日の夜だからね」

当時の取り調べの記憶が蘇《よみがえ》ったのか、最後は訴えるような口調になる。頷《うなず》き、光輔は「ただの確認です。ありがとうございました」と笑顔で応えた。

予想はしてたけど、全部捜査資料の調書の通りだな。ソファの三人を見て、直央は思った。杉山の帰省については、親族や葬儀業者の証言で裏が取れている。

「水木さんからは何かある？」

振り向き、光輔が問うた。笑みは浮かべているが、お前も鑑取《かんど》り、つまり事件関係者への聞き込みに参加しろという命令だ。直央は慌てて肩にかけた黒革のトートバッグの持ち手を摑《つか》み、頭を巡らせた。

「ええと……事件当時の常連客の様子はどうでしたか？　事件が起きた頃、悩んでいたりトラブルを抱えていたりする人がいたとか。あるいは、事件のあと急に店に来なくなった人はいませんでしたか？」

思いつくまま問いかけたが、杉山は首を捻《ひね》った。

「心当たりがあれば、刑事さんに話したと思うよ。事件の後は、明世さんが心配で客のみんなが店に来てたしね……だろ？　もっちゃん」

話を振られ、仁科は無表情に「はい」と頷いた。直央も目を向けると、仁科はこう続けた。

「杉山さん。写真を撮らせてもらえますか？」

「写真？　いいけど」

杉山は頷き、仁科に向き直ろうとした。すると仁科はスマホを出して立ち上がり、

「いえ、立って下さい。そこの壁の前に、こちらに背中を向けて」

と傍らの壁を指して指示した。後半ははきはきとした例の口調になっている。

訝《いぶか》しげな様子ながら杉山も立ち上がり、壁の前に行った。なんで後ろ向き？　直央が怪訝《けげん》に思っていると、仁科は、「どいて」と告げて直央と架川をどかせた。そして

棚の前にかがみ込んでスマホを顔の前に掲げ、前方に立つ杉山の写真を数枚撮った。

6

直央が玄関に上がり自分のスリッパに足を入れたとたん、廊下の奥のドアが開いた。

「お帰り。ねえねえ、これ見て」

早口で告げ、母親の真由《まゆ》が廊下を駆け寄って来た。ピンク色のスウェットスーツ姿で、手に小型の粘着カーペットクリーナーを持っている。

「すごくない？　さっき掃除して、びっくりしちゃった。どこの汚れだと思う？」

興奮気味に問いかけ、真由は粘着カーペットクリーナーのテープ部分を突き出した。髪の毛と埃《ほこり》などがびっしり張り付いたテープを一瞥《いちべつ》し、直央は答えた。

「リビングのソファでしょ」

「えっ！　なんでわかったの？」

「せんべいの欠片《かけら》が付いてる。お母さん、テレビを見ながらぼりぼり食べてるじゃない」

「すご〜い。さすがは刑事課ね」

声を上げ、真由は丸い目をさらに丸くした。脱力し、直央は「勘弁してよ」と返して真由の脇を抜けて廊下を進んだ。奥のドアを開けてリビングダイニングキッチンに入り、手前のキッチンの冷蔵庫に歩み寄った。ドアを開け、缶ビールを一つ取ってキッチンの向かいに置かれたダイニングテーブルに歩み寄る。トートバッグをフローリングの床に置いて椅子を引き、手前の自分の席に着いた。とたんに疲れがどっと出て、直央は息をつきながら缶ビールの栓を開けて一口飲んだ。

直央は、東京都世田谷区《せたがや》の西端にあるこのマンションで生まれ育った。父親の輝幸《てるゆき》は十五年前に亡くなり、今年四十八歳になる真由と二人暮らしだ。輝幸の後を継いで司法書士をしている真由だが、元警察官で、本庁の警務部や総務部などで働いていた。

「こら。帰ったら、手洗いとうがいって言ってるでしょ」

後に続いてリビングダイニングキッチンに入り、真由が言う。缶ビールをテーブルに戻し、直央は返した。

「ひと息つかせてよ。今日も大変だったんだから」

「なになに、事件？　殺人《ころし》？　強盗《たたき》？　ご飯は？」

好奇心で目を輝かせて訊《たず》ね、真由は粘着カーペットクリーナーを壁際のサイドテーブルの上に置いてダイニングテーブルに歩み寄って来た。

「何その質問。ご飯なら食べて来たけど」

脱力して直央は答えたが、真由は平然と「あっそう」と返し、向かいの席に着いた。

仁科が写真を撮り終えて間もなく、直央たちは礼を言って杉山の店を出た。続いて訪ねた二人目、秋元政文《あきもとまさふみ》・六十六歳も商店街の店主で、業種は不動産。今も現役で働いており、仁科との再会を喜んで捜査に協力してくれた。秋元は身長約一七〇センチの中肉のままで、直央は防犯カメラの映像で見たハットの男と似ていると感じた。しかし秋元には事件当夜、千葉県勝浦《かつうら》市の漁港で友人と夜釣りをしていたというアリバイがあり、防犯カメラの映像などで裏も取れている。さらに明世や他の常連客についての話を聞いたが、これも事件当時の証言の通りだった。

「あのさ、私ってお嬢様なの？」

直央が話を変えると、真由は「何それ」と笑った。丸い顔に載った程よく量感のある口から、白い歯が覗《のぞ》く。

「誰かにそう言われたの？」

「まあね」

曖昧《あいまい》に返したが、頭の中では今朝、武道場で光輔と交わした会話が再生されていた。トリオで捜査を始めて半年。架川はことあるごとにマル暴時代の武勇伝を語りたがるが、光輔は自分の過去やプライベートについて何も言わず、訊いてもはぐらかされる。そんな光輔が直央の生い立ちにはなぜか興味がある様子で、日頃の態度とのギャップに戸惑いを覚える。

「こんなボロマンション暮らしで、お嬢様はないでしょ。掃除中に床に軋《きし》むところがあるのに気づいたけど、見なかったことにした」

リビングダイニングキッチンの奥を指し、真由は言った。そこには茶色い布張りのソファとローテーブル、壁際に液晶テレビが置かれ、奥にはベランダに通じる掃き出し窓がある。「だよね」と苦笑し、直央は缶ビールを口に運んだ。すると、思い出したように真由が続けた。

「でも、昔は度々津島《つしま》のおじいちゃんに直央の面倒を見てもらったから。その影響はあるかもしれない」

「ふうん。確かにおじいちゃんは、しつけに厳しかったけどね。挨拶《あいさつ》とか箸《はし》使いとか、できるまで練習させられたもん」

直央の頭に今度は、祖父・津島信士《しんじ》の威厳に溢《あふ》れた姿が浮かぶ。輝幸の母親・笙子《しょうこ》は結婚と離婚を複数回したそうで、その相手の一人が信士だった。信士は笙子の連れ子の輝幸を我が子のように可愛がり、笙子と離婚した後も、何かと面倒を見てくれたらしい。それは輝幸が結婚し、直央が生まれてからも続き、今でもあれこれと気にかけてくれる。

「わかる。私も、おじいちゃんとご飯を食べる時は緊張するから。箸の上げ下げをじっと見られてるみたいで――そうそう。おじいちゃんと言えば、警察の仕事をするらしいわよ」

眉根《まゆね》を寄せて話していた真由だったが、途中からいつものののんびりした口調に戻って言い、直央を見た。缶ビールをダイニングテーブルに置き、直央も真由を見る。

「仕事って？」

「よくわからないけど警視庁の土地を再開発する計画があって、それを手伝うとかなんとか。今日、同業者の知り合いから聞いたの。ほら、おじいちゃんは損害保険会社に天下《あまくだ》ったでしょ。だからじゃない？」

「天下ったとか、はっきり言っちゃっていいの？」

再び突っ込んだ直央だったが信士は元警察官僚で、損害保険会社への再就職はいわゆる天下りだ。警視庁内に何らかの計画があり、OBが副社長を務める企業が関わるというのもあり得る話だ。そう考え、直央はシワやたるみは六十六歳の年相応だが、眼光は鋭く隙のない信士の顔を思い浮かべ納得しかけた。しかし別の記憶が蘇《よみがえ》り、直央は缶ビールに伸ばしかけた手を止めた。

いやでも、よくある話だし。疲れもあって面倒臭くなり、直央は考えるのをやめてビールをごくごくと飲んだ。と、また真由が言った。

「直央のこと、お嬢様って誰が言ったの？　ひょっとして、例のイケメン刑事？」

イケメン刑事とは光輔のことで、図星だ。天然のクセに、こういうカンだけはいいんだから。呆《あき》れて、直央は「ノーコメント」と答えてさらにビールを飲んだ。すると真由はテーブルに腕を載せてずいと身を乗り出し、捲《まく》し立てた。

「その人、直央に気があるんじゃない？　独身よね？　今度、桜町中央署にご挨拶に行っていい？」

「絶対ダメ」

顔をしかめて断言し、直央は一度下ろした缶をまた口に運んだ。冷えたビールで喉《のど》は潤い、疲れも消えたが胸の中には正体のわからないもやもやが残った。

7

翌日。直央たち四人は一旦《いったん》桜町中央署に登庁した後、適当な口実で外出した。

明世が証言したホシの条件に当てはまる三人目は、松永武幸《まつながたけゆき》・七十五歳。南阿佐ケ谷駅前の雑居ビルで習字教室を開いていたが、近所の自宅マンションを訪ねると妻だという女に、「夫は去年から立川《たちかわ》市にある老人ホームに入っている」と言われた。そこで一時間かけて立川に移動し、老人ホームを訪ねた。

老人ホームの所長に事情を伝えて面会した松永は認知症を発症し、車椅子に乗っていた。仁科が挨拶すると「誰だかわからない」と答え、光輔が十年前の事件について問うても反応は曖昧だった。

やむなく四人でセダンに乗って阿佐谷に戻り、最後の一人のもとに向かった。辿《たど》り着いたのは、JR阿佐ヶ谷駅の北側の惣菜《そうざい》工場。中杉《なかすぎ》通り沿いに鉄筋三階建ての古いビルがあり、白い外壁に赤いペンキの文字で「鮎川《あゆかわ》フーズ」と書かれている。直央は通りの端にセダンを停め、光輔たちとともに降車した。敷地の手前の駐車場に並んだトラックやワンボックスカーの間を抜け、光輔を先頭に鮎川フーズのビルに向かう。

玄関のドアを開けてビルに入ると横向きに長い廊下が延び、向かいにアルミ製のスイングドアが並んでいた。架川と仁科が斜め前の一際大きなスイングドアに歩み寄り、透明なプラスチックがはまった窓から中を覗く。直央も背伸びして仁科の肩越しに覗くと、窓の向こうにステンレス製の長く大きな作業台があり、その左右に白い調理衣姿で白いエプロンを締め、頭に不織布のキャップをかぶり、口にマスク、両手に青いゴム手袋を装着した十人ほどの男女がいた。男女は片手にトレイやボウルを持ち、もう片方の手で摑《つか》み上げた野菜の煮物やコロッケ、唐揚げなどを作業台に並んだプラスチック容器に詰めていく。その後ろには、業務用の冷蔵庫や流し場などが見えた。

「おいしそう」

空腹を覚えているせいもあり、直央はつい呟《つぶや》いてしまう。すると振り向いた仁科にじろりと見られ、直央は慌てて「すみません」と頭を下げた。スイングドアから身を引き、仁科が言う。

「実際、おいしいよ。むかし鮎川さんに惣菜をもらって食べたことがある」

鮎川とは鮎川義徳《よしのり》、六十三歳。この工場の副社長で、明世が証言したホシの条件に当てはまる四人の最後の一人だ。

と、隅のスイングドアが開き、若い男が出て来た。作業台に付いている人たちと同じ格好だがマスクは外していて、腕に段ボール箱を抱えている。

「すみません。警察の者ですが、社長の鮎川義徳さんはいらっしゃいますか？」

若い男を呼び止め、光輔が警察手帳を見せた。一瞬怪訝《けげん》そうな顔をした若い男だったが、「ちょっと待って下さい」と告げて玄関のドアから出て行った。

待つこと約五分。ガラス張りの玄関のドアから外を覗《うかが》っていた光輔が「来た」と呟いた。つられて直央と仁科、架川もドアの外を見た。ベージュの作業服の上下を着た年配の男が、ビルの前を横切ってこちらに近づいて来る。年配の男は白髪頭を七三分けにして、銀縁のメガネをかけていた。

「違う」

そう仁科が言い直央たちが振り返った矢先、年配の男がドアを開けて入って来た。

「社長の鮎川正光《まさみつ》です」

「警視庁の蓮見と申します。鮎川義徳さんにお目にかかりたいのですが」

「私は義徳の弟です。兄は去年、交通事故で亡くなりました」

鮎川に返され、直央は小さく「えっ」と言ってしまったが、他の三人はポーカーフェイスを保っている。「失礼しました」と頭を下げ、光輔は話を続けた。

「十年前に起きた、義徳さんが常連だった喫茶店の女性店主が強盗の被害に遭った事件について伺いたくて来ました」

「ああ、覚えていますよ。兄が犯人だと疑われた事件でしょう?」

眉根を寄せて苦笑いしながら、鮎川が問う。

「ええまあ。間もなく事件が時効になるので、確認のために伺いました」

「そうですか。では、事務所にどうぞ」

鮎川は告げ、身を翻してドアを開けた。ビルを出てもと来た道を戻りだし、直央たちも続いた。

ドアから外に出てビルの前を横切り、敷地の脇に入った。鮎川は奥の塀の手前にある通用口らしきドアを開け、中に入った。手前にエレベーターがあり、五人で乗り込む。三階で降りると、鮎川は廊下に並んだドアの一枚を開けた。

広い部屋で、手前にノートパソコンが載った事務机が並び、スーツや制服姿の男女が四、五人席に着いている。鮎川は部屋の隅の通路を進み、奥のパーティションで囲んで作られた小部屋に歩み寄った。木目のドアを開け、「どうぞ」と直央たちを招き入れる。

小部屋は奥の窓際に黒革の椅子と木製の大きな机が置かれ、手前に黒革のソファセットが置かれていた。社長室のようだ。奥のソファに鮎川が座り、向かい側に光輔と仁科が腰かける。直央と架川は光輔たちの後ろに立った。お茶を運んで来た制服姿の若い女が出て行くと、光輔は話しだした。

「義徳さんが亡くなられた時の状況を教えていただけますか？」

「去年の十一月、車で横浜《よこはま》に商談に行った帰りでした。カーブでハンドルを切り損ねて、電柱にぶつかりました。スピードは出していなかったんですが、頭を強く打ってほぼ即死でした」

脚の上で両手を組み、そう答えて鮎川は目を伏せた。左右に離れ気味の目と、丸い鼻の穴が義徳とそっくりだ。歳は義徳より二つ三つ下だろうか。「そうでしたか。ご愁傷様です」と会釈し、光輔は質問を続けた。

「十年前の事件ですが、義徳さんはほとんど毎日ぐあてまらに通っていたそうですね。事件後も、被害者の吉海明世さんを励ましていたとか」

「ええ。仕事終わりにあの店で一服して、明世さんや他の常連客と話すのが楽しみだったようです。ところが事件が起きたら警察に呼ばれて、『容疑者になってるみたいだ』って呆然《ぼうぜん》としてました」

「容疑者ではなく、関係者の一人としてお話を伺ったんだと思いますよ。事件が起きた時、義徳さんはご自宅にいたとわかっていますし」

穏やかな笑みとともに、光輔は返した。捜査資料によると事件当夜、義徳は午後七時前にこの工場を出て、徒歩十分ほどのマンションに帰宅。その後は外出していないことは、マンションの防犯カメラの映像で確認済みだ。

光輔が直央を振り向いて目配せをした。何か訊《き》けという合図だ。正光を見て、直央も口を開く。

「十年前、正光さんは副社長だったんですよね。事件の晩は、どうされていましたか？」

「あの晩は取引先の浜江《はまえ》物産という食材卸業者の社長さんと会食して、阿佐ケ谷駅の西口にあるスナックに行きました。家に帰ったのは、夜中の二時頃かな」

「移動は徒歩ですか？」

「ええ。近所なので」

落ち着いた様子できてきぱきと、鮎川は答えた。直央が「わかりました」と返そうとした矢先、隣で架川が言った。

「そのスナックの名前は？　初めて入ったんですか？」

「すみません、忘れてしまいました。それも確認しますが、初めて入った店です。食事の後、浜江さんに『もう少し飲みたい』と言われて適当に選びました」

鮎川が答え、架川は無言で頷《うなず》く。やり取りを黙って聞いていた仁科が言った。

「義徳さんの奥さんに、義徳さんの写真を借りたいと伝えて下さい。後ろ姿で、全身が写っているものを」

「後ろ姿？」

鮎川が戸惑ったように訊き返し、直央も戸惑う。しかし仁科はこくりと頷き、「そう。後ろ姿」と繰り返した。

8

鮎川に礼を言いビルを出て、セダンに戻った。四人がそれぞれの席に乗り込むと、架川が言った。

「四人のうち、本人にまともに話を聞けたのは二人だけか」

「ええ。しかも、その二人のアリバイは完璧《かんぺき》。函館にいた杉山篤弘と、勝浦にいた秋元政文が明世さん宅を襲うのは、物理的に不可能でしょう」

シートベルトを締めながら、光輔が答える。「残りの二人は」と続けようとしてやめ、光輔は隣の直央に、「どう？」と訊《たず》ねた。頭を巡らせ、直央は答えた。

「松永武幸と鮎川義徳ですね。どちらも事件発生時は自宅マンションにいたと証言し、エレベーターや玄関、裏口の防犯カメラの映像を確認したところ外出した形跡はなかったと確認済みです。でもカメラの死角とか、映像に映らずにマンションを出入りする方法があったのかもしれません」

「よくできました。ついでに杉山と鮎川正光への質問も、なかなかよかったよ」

にっこりと笑い、光輔が告げる。ほっとして「ありがとうございます」と返し、直央はセダンのエンジンをかけた。先月、直央は光輔と架川に、今後は自分を含めたトリオで捜査したいと決意を告げた。「喜んで受け入れる」と応《こた》えた光輔だったが、同時に「責任を果たせないと判断したら、きみを切るからね」とも言われた。直央がセダンを出すと、また架川が言った。

「だがどちらかがホシだったとしても、鮎川は既に死亡。松永は犯行を突き止めてもあの状態じゃ、起訴猶予になるだろう……もっちゃん。それでもいいのか？」

最後のワンフレーズはからかうような口調になり、隣の仁科に問いかける。不愉快そうに顔を背け、仁科は返した。

「関係ありません。私は真実を知りたいだけ」

そのきっぱりとした口調に感心しつつ、直央はバックミラーの中の仁科が手にスマホを握っているのに気づいた。

「仁科さん。杉山と秋元の後ろ姿の写真を撮ってましたよね。松永と鮎川は、家族に写真を借りたいと頼んでいたし。何に使うんですか？」

「見てりゃわかるよ」

にべもない返事に直央が絶句すると、架川が笑った。

「新入りにも容赦ねえな、もっちゃん」

「もっちゃんって言うな。ていうか、タイムリミットまで四日だよ」

タメ口になり、仁科が架川を睨《にら》む。架川は真顔に戻り、そこに振り向いた光輔が
「わかってますよ」と割って入る。

「知人宅に強盗に入るのはリスクが高い。それでも犯行に及んだのは相応の理由があるからで、それがわかればホシを割り出す糸口になります。杉山たち四人の、事件前と事件後の経済状況を調べましょう」

「おう」

真顔に戻って架川が応え、直央も「はい」と返してセダンのハンドルを握った。仁科は無言だが、もの凄《すご》い勢いでスマホの操作を始めた。

9

途中で昼食を済ませて桜町中央署に戻った。直央たち三人は仁科と別れて刑事課に向かい、午後から行われた会議に出た。会議は夕方までかかり、終わったあと光輔は「明世さんの事件の鑑取りに行く」と直央に告げ、架川とともに出かけて行った。

その晩、直央は当番だった。いわゆる当直で、午後九時から午前二時までの早寝《はやね》と午前二時から七時までの遅寝《おそね》があり、休憩と仮眠を取りながら他の捜査員と交替で勤務する。早寝の直央は午後十時前に休憩になり、刑事課の部屋を出た。薄暗くがらんとした廊下を進み、階段で四階に上がる。廊下の奥に「刑事課鑑識係」のプレートを掲げたドアがあり、ノックして部屋に入った。

広い室内には薬品の入った棚や顕微鏡、パソコンの液晶ディスプレイなどが載った机が縦横に並んでいる。直央は作業中の数人の鑑識係員に「お疲れ様です」と挨拶《あいさつ》して後ろの通路を進んだ。

奥の突き当たりの手前に、仁科の制服の背中があった。机に着き、パソコンの液晶ディスプレイに向かっている。歩み寄り「お疲れ様です」と声をかけようとした矢先に、仁科が振り向き、直央をじろりと見た。

「何か用？」

「はい。『見てりゃわかるよ』と言われたので、見に来ました」

うろたえつつも直央が答えると、仁科は「あっそう」と面倒臭げに返し、液晶ディスプレイに向き直った。居心地の悪さに好奇心が勝り、直央は仁科の肩越しに机上を覗《のぞ》いた。昨日、阿佐谷署で仁科から受けた画像解析の解説はとてもわかりやすく、面白かった。

「それ、昼間撮影した杉山と秋元ですよね。どうするんですか？」

畳みかけるように、直央は問うた。液晶ディスプレイには、男の後ろ姿の画像が二枚表示されている。片手で机上のマウスを操作しながら、仁科は答えた。

「骨格モデルを作ってる。杉山と秋元の後ろ姿の各部位に、頭蓋骨《とうがいこつ》の高さ、脚の付け根から足首までの距離などの測定点を打っていくんだ」

と、マウスをクリックする音がして、杉山たちの画像の頭と肩、腕などに黒い点が打たれた。点は線で結ばれ、それはやがて頭蓋骨と鎖骨、肋骨《ろっこつ》、腕の骨などの像を結んだ。直央が見入っている間に、杉山たちの画像の腰や脚の上にも骨の像が結ばれた。続けて骨は黄色く着色され、後ろ向きの全身の骨格が完成した。と同時に後ろ姿の画像は消され、液晶ディスプレイには骨格だけが残る。

「杉山と秋元の骨格モデルができた。このために二人の後ろ姿を撮影して、残りの二人も写真の借用を頼んだんですね」

合点がいき、直央は骨格モデルと仁科を交互に見た。

「そう。私は阿佐谷署の捜査を信用してないから、自分のやり方で四人のアリバイの裏を取る。この解析の目的は、骨格の相違の見極め。まず対象者の画像から３Ｄの骨格図を作り、比較したい人物と同じポーズを取らせるんだ」

はきはきした口調になって仁科は答え、さらにマウスを動かした。液晶ディスプレイの杉山たちの骨格モデルも動き、右足を一歩前に踏み出して右手を少し後ろに引き、左手を前に出すというポーズを取った。見覚えはあるが何だったかが思い出せず、直央は骨格モデルに目をこらした。

「これ、何のポーズでしたっけ？　それに比較したい人物って？」

「決まってるでしょ」

仁科が返し、再びクリックの音がした。と、杉山たちの骨格モデルの隣に、ハットをかぶってジャンパーとスラックスを着た男の後ろ姿の画像が現れた。男は歩いているところで、右足を一歩前に出して右手を後ろに引き、左手を前に出している。はっとして、直央は言った。

「そうか。明世さんの事件が起きた晩に、現場近くの防犯カメラに映ってた男だ」

「正解。対象者の骨格モデルに比較したい人物の画像と同じポーズを取らせ、双方を重ね合わせる」

「なるほど。重ねた双方にズレがなければ、同一人物ってことになりますね」

テンションが上がり、直央は再び仁科と液晶ディスプレイを交互に見た。

「その通り。まずは杉山だ」

そう返し、仁科はマウスを動かした。杉山の骨格モデルが移動し、ハットの男の上に載る。ぴったり重なりはしたが、余白が多い気がする。と、食い入るように液晶ディスプレイを見ていた仁科が言った。

「違うね。杉山は防犯カメラの男より小柄だし、骨格も華奢《きゃしゃ》すぎる」

「ですね」

直央が頷《うなず》き、仁科は杉山の骨格モデルを元の位置に戻し、代わりに秋元の骨格モデルをハットの男の映像に重ねた。

「これはぴったりじゃないですか？」

重なった骨格モデルと映像を見て、直央の胸が高鳴る。しかし仁科は「いや、ダメだ」と答えた。

「背の高さや体の幅は一致するけど、腰の高さと肘《ひじ》の関節の位置が微妙に違う」

重なった骨格モデルと画像を指し、きっぱりと断言する。仁科がそう言うのならそうなのだろうと考え、直央は息をついて体を起こした。

「でも、疑わしいのは松永と鮎川ですもんね」

そう語りかけたが返事はなく、仁科は前のめり気味にパソコンのキーボードを叩《たた》きだした。その丸く大きな背中を眺め、直央は話を変えた。

「仁科さんはどんなきっかけで、ぐあてまらの常連になったんですか?」

頭には、昨日事件の捜査を引き受けた時の架川の「何か事情があるんだろう」「尋常じゃねえ」という仁科に対する言葉が浮かんでいた。キーボードを叩く音が止み、また仁科にじろりと見られた。焦りを覚え、直央はさらに言った。

「他の常連客は中高年ばっかりだったでしょう。お店の雰囲気もレトロっていうかクラシカルな感じだし、どうしてかなと」

「それは捜査の一環? それとも個人的な好奇心?」

ぼそぼそした口調に戻りつつ鋭く問われ、直央はたじろぎつつも返した。

「り、両方です」

すると仁科はふんと鼻を鳴らして「正直だね」と言い、椅子を回して直央に向き直った。

「私は高校を出たあと上京して、阿佐谷のアパートで暮らしながら大学に通ってたんだ。でも東京にも大学にも馴染《なじ》めなくて、憂鬱《ゆううつ》で仕方がなかった。そんな時、明世さんに会った。買い物の途中で具合が悪くなって、道端に座り込んでたんだ。そこに私が通りかかって、『大丈夫ですか？』と声をかけた」

仁科はそこで言葉を切り、直央は「そうだったんですね」と相づちを打つ。小さく頷き、仁科は話を続けた。

「で、私が荷物を持って明世さんを店まで送って行ったんだ。帰り際に食事をしていけって誘われたから断ったんだけど、『食べなきゃダメ。あんた、ひょろひょろじゃない』って言うんだよ。この体格《ガタイ》の私にだよ？　なに言ってんの？　ってむっとしたら、『そんなシケた顔して。心が痩《や》せてる証拠だよ』だって。思わず黙ったら、カウンターに座らされた。出て来たのはカレーとかナポリタンとかベタな喫茶店メニューで味も学食みたいだったけど、それが妙にほっとできてさ。つい平らげちゃった」

横を向いたまま語り、最後に遠い目をする。学食みたいな平凡な味の方がほっとできるって、あるな。心の中で同意し、直央が見守っていると仁科はまた語りだした。

「それで、何となくその時の私の気持ちを伝えたら、明世さんに『人生なんて、そんなもの。早々上手《うま》くはいかないようにできてるんだ。幸せそうに見える人も、たままそういうタイミングだっただけ』って言われた。『だから、たまに思い通りにいったり、いいことがあったりしたら手放しで喜んでいい。雨だったり曇りだったりするのが普通だからこそ、時々射す光がまばゆく感じられる。これで十分だと思えるんだ』ともね。全然前向きな言葉じゃないのに、すごく気が楽になったよ」

「わかる気がします。『元気を出せ』とか『信じれば叶《かな》う』とか言われるより、リアリティというか、説得力がありますよね」

直央のコメントに、仁科は「うん」と頷いて言った。

「それから店に通い始めて、常連客の人たちと知り合ったんだ。おじさん、おばさんばっかりだったけど、それもまた気楽だったよ。就職してからも、休みの度に通ってた」

「そうだったんですね。貴重な思い出を、ありがとうございました」

直央は告げ、会釈をした。明世の率直さに感心するのと同時に、かつて仁科はそんな悩みを抱えていたのかと驚き、ちょっと親しみも覚えた。

「ついでに訊《き》いてもいいですか？　架川さんに、非公式の鑑識作業をやらされてますよね？『あの時の写真』って」

思い切って訊《たず》ねると、仁科が直央を見た。再びたじろぎ、直央は手を横に振った。

「いえあの、架川さんは上官ですけど正直どうなの？　って振る舞いも多々あって」

「知りたい？」

珍しくまっすぐな眼差《まなざ》しで仁科に問われ、直央は「ええ」と頷いてしまう。すると仁科は、

「なら、ホシを挙げるんだね」

と告げて椅子を回し、パソコンの液晶ディスプレイに向き直った。

10

　翌日。直央は当直明けで非番だったが帰宅せず、光輔たちが登庁して来るのを待った。四人集まると、空いている刑事課の会議室に行った。最初に仁科が昨夜の骨格モデルの解析結果を報告し、続いて光輔が杉山たち四人の経済状況について話した。杉山の理髪店と秋元の不動産会社、鮎川の惣菜《そうざい》工場は商売の規模は小さいながらも、事件発生当時から現在まで、経営は安定しているそうだ。一方、松永の書道教室は事件前から生徒はわずかで、一昨年《おととし》教室を閉じるまで赤字だったという。しかし松永は資産家で、書道教室が入っているビルをはじめ、複数の不動産を所有しているらしい。
　話を聞き終え直央はがっかりしたが、光輔は「仕事は順調でも女性関係など、プライベートで金銭が必要だった可能性があります」と言い、直央と光輔とともに四人の私生活についての聞き込みをすることになった。同時に仁科も「ネットを洗ってみる」と話し、捜査に取りかかった。そして夕方、改めて会議室に集まって報告し合ったが、直央たち、仁科ともこれといった成果はなく、その日は終わった。

そして、捜査開始から四日目の朝。直央と光輔、架川が会議室に入って行くと、最前列の机に白いブラウスに包まれた仁科の背中があった。

「おはようございます」

そう挨拶《あいさつ》して直央と光輔は最前列の机に歩み寄ったが、返事はない。どうやら仁科は、机上のノートパソコンを一心不乱に操作しているようだ。

「それは鮎川フーズのホームページですね。僕も確認しましたが、特に不審点はありませんでした」

脇からノートパソコンの液晶ディスプレイを覗《のぞ》き、光輔が言う。そこにはスーツ姿で笑顔を浮かべる鮎川正光の写真が表示され、上に「社長挨拶」とあった。表示された画面を素早くスクロールさせながら、仁科はぶっきら棒に返した。

「刑事《そっち》と鑑識《こっち》の不審点は違うよ」

一瞬面食らうような顔をした光輔だったが気を取り直したように最前列の机を離れ、奥に置かれた捜査会議用のホワイトボードの前に立った。同時に直央は仁科の隣に座り、架川も数列後ろの机にふんぞり返って座った。こちらを振り向き、光輔が話しだした。

「昨日の聞き込み相手の一人が、今朝になって『思い出したことがある』と連絡をくれました。鮎川の惣菜工場では十年前の事件の二ヵ月前に、七人いたパートの女性従業員のうち三人が辞めたそうです」

「一度に三人？　義徳と揉《も》めたんでしょうか。じゃなきゃ、パート同士のトラブル？」

直央が問いかけ、仁科はノートパソコンを操作する手を止めた。首を横に振り、光輔は答えた。

「さあ。わからない」

「いずれにしろ、何かあったんですよ。突き止めましょう」

そう告げて、直央は立ち上がった。と、後ろで声がした。

「『二人でやればいいのに』とか言ってた割に、妙に張り切ってるな」

振り向いた直央の目に、数列後ろの机にふんぞり返って座った黒いダブルスーツ姿の架川が映る。

「きっかけはともかく、ヤマはヤマですから」

直央の返答に架川はふんと鼻を鳴らし、光輔が話を元に戻した。

「とにかく出かけましょう。それと、仁科さん。松永と鮎川の写真の入手と確認をお願いします」

「わかった」と頷《うなず》き、仁科もノートパソコンを抱えて立ち上がる。そして、

「時間がない。何が何でも、ホシを突き止めて」

と言い、直央たちを強い目で見た。「はい」と直央と光輔が応《こた》え、架川は無言だが

仁科を見返しているのがわかった。身を翻し、仁科はドアに向かった。

仁科は鑑識係、直央たちは刑事課のセダンに乗り込んで桜町中央署を出発した。光輔が入手したリストに従い、十年前に鮎川フーズを辞めたパート従業員三人の自宅を訪ねた。しかし一人目は引っ越しており、二人目は留守。頼みの三人目も留守だったが、夫に行き先を聞くことができた。

約一時間半後。目的地に着き、直央はセダンを停めた。埼玉県さいたま市の荒川《あらかわ》沿いにあるグラウンドで、広大な敷地には芝生が敷き詰められている。直央は光輔たちとセダンを降り、川面《かわも》が秋の日射しに輝くのを見ながらグラウンドを進んだ。

グラウンドの一角に、二十人ほどの年配の男女がいた。ジャージ姿の男女はいくつかのグループに分かれ、手には色とりどりのゴルフのパターに似た金属製のクラブを持っている。そのうちの数人は身をかがめてスティックで赤や黄色のボールを打ち、傍らには番号がふられた旗を掲げたポールがある。グラウンドゴルフをやっているのだろう。

「すみません。重松美佐子《しげまつみさこ》さんはいらっしゃいますか?」

歩み寄り、光輔が声をかけた。年配者たちが振り向き、手前のグループの一人が「私だけど」とピンク色の手袋をはめた手を上げた。小柄で痩《や》せた体をピンクの長袖《ながそで》

Tシャツと黒いスパッツに包み、頭にフェイスガードかと思うほど鍔《つば》の広いサンバイザーをかぶっている。

「突然申し訳ありません。ご自宅に連絡したところ、こちらにいらっしゃると伺いました。少しお話を聞かせていただけますか？」

警察手帳を掲げて光輔がそう続けると、重松は「いいけど」と訝《いぶか》しげに答え、他の年配者たちに「ちょっとごめん」と断って近づいて来た。サンバイザーを脱ぐと、白髪のショートボブヘアと小作りの顔が露《あら》わになる。ここに来る車中で光輔に聞いた話によると、重松は現在七十四歳だ。

「重松さんは以前、鮎川フーズでパートをされていましたね？」

笑みとともに、光輔が質問を始めた。その白く整った顔を見返し、重松は「そうだけど」と答えながら髪の乱れを整えた。

「何年ぐらい勤めていたんですか？」

「五年だけど」

「どんなお仕事を？」

「唐揚げとかポテトサラダとかのお惣菜を、容器に詰めるのよ。後は洗い物とか」

「そうですか」

笑顔をキープし、光輔は頷いた。知っている情報を敢《あ》えて訊ねて相手をリラックスさせ、反応も見ているのだろう。

「ではなぜ辞めたんですか？　十年前の八月、パート仲間二人も一緒でしたね」

光輔が本題を切り出す。たちまち重松の小さな目に、戸惑いと警戒の色が浮かんだ。すかさず、光輔はこう続けた。

「他の事件を捜査していて、ただの確認です」

重松はほっとした様子で「ああ。そうなの」と呟《つぶや》き、しばらく黙ってから答えた。

「辞めたくて辞めたんじゃないの。クビになっちゃったのよ。他の二人も一緒」

「なぜですか？」

直央も訊《たず》ねた。人間関係のトラブルだと予想していたので意外だ。重松は光輔の隣の直央に視線を動かし、戸惑い気味に返した。

「昔の話よ。あの時の社長さんも、亡くなったって聞いてるし」

「教えて下さい。ご迷惑はかけませんから」

直央はつい勢い込んでしまい、たじろいだ重松が身を引く。と、光輔が「ただの確認です」と繰り返して微笑みかけ、重松は少し迷ってからこう答えた。

「少しだけど退職金ももらったし、言うなっていわれたんだけど……工場の経営が危なくなっちゃったらしいの」

「それは確かですか？」

真顔に戻って光輔が問い、重松は頷いた。

「社長さんから直接聞いたんだから、確かよ」

「でも」

言いかけた直央だったが光輔に横目で制され、口をつぐんだ。「ありがとうございました」とにこやかに一礼し、光輔は身を翻して歩きだした。直央も重松に礼を言い、架川と一緒に後を追った。

広場から遠ざかると、直央は前を行く光輔に問いかけた。

「事件発生当時、鮎川フーズは経営危機だったってことですか？　でも今朝、蓮見さんは鮎川フーズは商売の規模は小さいけど、経営は安定してるって言いましたよね」

「言ったし、事実だよ。十年前、鮎川フーズに資金繰りに行き詰まったり、税金を滞納したりといった気配はなかった」

振り向き、光輔が答える。直央はさらに問うた。

「じゃあ、経営危機は重松さんたちを解雇するためのウソ？」

「さもなきゃ、表沙汰《おもてざた》になる前に危機を回避したかだな。義徳がどこかで資金を調達したんだろう」

そう告げたのは架川だ。黒いダブルスーツのスラックスのポケットに両手を入れ、厳しい表情で直央と光輔の肩越しに東京の方向を見る。息を呑《の》み、直央が、

「それって」

と言いかけた矢先、スマホが振動する音がした。光輔がスーツのジャケットのポケットを探り、素早くスマホを出して耳に当てる。

「蓮見です……えっ!? わかりました。すぐに向かいます」

短くやり取りして電話を切り、光輔は直央と架川に告げた。

「仁科さんからで、鮎川義徳の遺品の中に犯行を匂わせる文書があったそうです」

11

グラウンドを出てセダンに乗り、正午前に鮎川フーズに着いた。社長室に行くと、奥のソファに仁科がいた。

「これ。義徳さんの」

直央たちの顔を見るなり言い、仁科は白手袋をはめた手で摑《つか》んでいたものを差し出した。

黒い合成皮革のカバーがかかった手帳で、ページが開かれている。光輔は素早くジャケットのポケットから白手袋を出してはめ、ソファに歩み寄って手帳を受け取った。その両脇に行き、直央と架川も手帳を覗《のぞ》く。

開かれた左側のページは黒い横線で区切られ、一週間分の日付と曜日が縦に並んでいる。日付と曜日の下はメモ欄になっていて、黒いボールペンの細かな文字で商談や会食の予定などが書き込まれている。右側のページは無地で、こちらにも文字が書き込まれていた。

目をこらし、直央が開かれているのは去年の十月中旬のページだと確認した時、光輔が口を開いた。

「またこの日が来た。あと一年、俺は持ちこたえられるのか。度々うなされ、起きている時も彼女の顔が頭を離れない」

片手でページの右側下に書き込まれた文字を指し、淡々と読み上げる。驚くのと同時に興奮も覚え、直央は問いかけた。

「彼女ってぼかしてるけど、明世さんの事件のことですよね？」

が、仁科は無言。光輔も何も答えず、社長室のドアの前に立つ鮎川を振り返った。

「この手帳をどこで？」

「兄の書斎の机です。刑事さんに頼まれたので、昨夜兄の家に遺品を取りに行きました。兄が手帳を日記代わりにしているのは知っていましたが、目を通したことはありません。まさか、そんなことが書かれていたとは」

うろたえて答え、鮎川はソファセットのローテーブルに目をやった。そこには光輔が持っているのと同じ手帳が十冊ほど置かれ、他に手帳に挟まれていたと思《おぼ》しきボールペンとスマホ、黒革の財布も載っていた。

「明世さんの命日は四月なんだけど、今年の四月のページにも、墓参りに行って謝ったって書き込みがあったよ。他の手帳にも、事件に関わる記述がいくつか」

光輔が手にしている手帳とローテーブルの上に視線を向け、仁科が言う。「わかりました」と応《こた》え、光輔はまた鮎川を振り返った。

「手帳と他の遺品をお借りします。それから、伺いたいことがあります」

そう告げて仁科の隣に腰かけ、鮎川にも向かいのソファに座るよう視線で促す。鮎川が従い、直央と架川がソファの脇に立つと光輔は言った。

「十年前、こちらの工場が経営の危機に陥っていたというのは事実ですか？　パート従業員の女性を三人、リストラしていますね」

「事実です。競争相手の惣菜《そうざい》工場に仕事を取られたり、材料費や燃料費が値上がりしたりして採算が悪化しました。すぐに資金繰りに行き詰まり、夏頃から銀行と食材の仕入れ先への負債がかさんで」

言葉に詰まり、鮎川は目を伏せた。その顔を見返し、光輔はさらに問う。

「負債の金額は？　どうやって乗り切ったんですか？」

「一千万円近かったと思います。あちこち走り回ったんですが二百万円ほどしか集まらず、これまでかと思った矢先、兄が残りのお金を用意してくれたんです」

「残りのお金とは、八百万円？　出所を訊《き》きましたか？」

「はい。『知り合いに土下座して借りた』と言っていました」

鮎川が答え、光輔は「わかりました」と頷《うなず》いた。うろたえて、鮎川が訊ねる。

「まさか、あのお金は明世さんから――しかし、あの晩兄はずっと家にいて、警察の確認も取れたんでしょう？」

「それはこれから調べます。正光さんにも改めてお話を聞くことになると思うので、よろしくお願いします」

光輔は淡々と告げ、その間に仁科がローテーブルの上の品を証拠品押収用のジップバッグに入れる。鮎川は呆然《ぼうぜん》と「はあ」と返し、メガネの奥の目で仁科の手の動きを追った。

それからすぐに、四人で社長室を出た。興奮を抑えきれず、直央は鮎川フーズの敷地から歩道に出るなり口を開いた。

「やりましたね。手帳の書き込みは犯行を匂わせるどころか、ほぼ自供じゃないですか」

「ああ。しかも義徳が用意したという八百万円は、明世さんが奪われた金と同額だ。ホシは鮎川義徳だったのか」

隣を歩く架川も言う。「ですね」と頷き、直央は前を行く仁科と、架川とは反対側の隣を歩く光輔を見た。

「さすがにこれだけ証拠があれば、阿佐谷署も捜査員総出で調べるでしょう。仁科さん、よかったですね。きっと義徳は、被疑者死亡のまま書類送検されますよ」

「被疑者死亡のまま書類送検」というニュースや刑事ドラマでお馴染《なじ》みの台詞《せりふ》を口にすることができ、直央のテンションはさらに上がる。しかし、仁科は無反応。光輔も何か考え込むような顔をしている。と、仁科が振り返った。

「証拠品は私が預かる」

「えっ。でも、阿佐谷署に渡さないと」

そう言いかけたが仁科にじろりと見られ、直央は口をつぐんだ。仁科は早歩きで歩道を進み、通りの端に停めた鑑識係のセダンに向かった。戸惑い、直央は架川を見上げた。

「いいんですか?」

「好きにさせろ。あいつのヤマだ」

きっぱり返され、直央は戸惑ったまま話を変えた。

「思ったんですけど、義徳の事故は罪悪感からの自殺ってことはないですか?」

「ねえな。昨日、適当な口実で事故現場の所轄署から事故の実況見分調書を取り寄せたが、目撃者《マルモク》もいて不審点はなかった」

「そうですか。でも、皮肉ですよね。義徳が生きていたら真相は明らかにならなかった。私たちが調べてるとわかったら、手帳は始末したはずですから。でしょう？　蓮見さん」

問いかけて、直央は隣を向いたが、そこに光輔の姿はなかった。その直後、金属の軋《きし》む甲高い音がして、直央は後ろを振り向いた。歩道の真ん中に自転車が停まり、サドルに跨《また》がった中年男が両手でブレーキを握っていた。そして自転車の前には、光輔が立っていた。

「急に止まるなよ！　危ねえじゃねえか」

顔を険しくして、ジャージ姿でサンダル履きの中年男が怒鳴った。しかし、光輔は動かない。くっきりした二重の大きな目はいまいち焦点が合っていないが、力に溢《あふ》れ、発光するように輝いていた。

えっ。いつものあれ？　でも、ホシは見つかったのに。驚き、直央は立ち止まって光輔を見た。隣にいた架川は歩道を駆け戻り、中年男に「悪いな」と謝罪して光輔の顔を覗き込んだ。

「おい。大丈夫か？」

するど光輔は、はっとして架川を見た。二人の目が合い、架川が直央を振り返る。

「別行動だ。お前は仁科と行け」

「えっ。なんで」

「いいから行け。時間がねえ」

そう告げて、架川は光輔を促して歩道の端に移動した。

なによ。私たちはトリオなのに。直央の胸に、不満と仲間外れにされたショックが押し寄せる。しかし前方でセダンに乗り込んだ仁科がエンジンをかけるのに気づき、

「待って下さい！　乗ります」

と声を上げて駆けだした。

桜町中央署に帰る車中で、直央はこれから何をするのかと訊《たず》ねたが、仁科の返事は「見てりゃわかる」のみ。仕方なく手伝いを申し出て行動を見守ろうとしたが、「邪魔」のひと言で拒否され、仕方なく直央は刑事課に戻った。

12

そして五日目。直央はいても立ってもいられず、午前七時前に登庁した。刑事課をちらりと覗《のぞ》き、四階に向かう。鑑識係のドアを開け、当番の係員に挨拶《あいさつ》して通路を進むと奥の席には既に仁科がいた。

「おはようございます。昨日鮎川フーズの前で別れてから、蓮見さんたちと連絡が取れないんですよ」

スマホを手にそう訴えた直央だったが、すぐに仁科の背中が昨日と同じ白いブラウスに包まれているのに気づいた。

「仁科さん。徹夜したんですか？」

問いかけたが、返事はない。仁科は白手袋をはめた手で、何かのページを捲《めく》ってはぶつぶつと呟《つぶや》いている。見れば昨日押収した鮎川義徳の手帳で、ページの上端には付箋《ふせん》が貼られている。机の左右には別の手帳が積まれ、こちらにも複数の付箋が貼られていた。直央はスマホをしまってトートバッグを通路の端に置き、パンツスーツのジャケットを脱いだ。両手に白手袋をはめて気を引き締め、改めて申し出る。

「仁科さん。『見てりゃわかる』と言ったんだから、見せて下さい。何でもやりますから」

と、その声に反応したように仁科が立ち上がった。片腕に義徳の手帳を抱え、もう片方の手で机の脇に置いたジュラルミンケースを持ち上げる。慌てて、直央が「持ちます」と手を差し出すとジュラルミンケースを渡し、通路を歩きだす。鑑識の道具が詰まったジュラルミンケースの重たさにふらつきつつ、直央は仁科の後を追った。

通路を出入口のドア方向に進み、仁科は傍らのドアを開けた。壁のスイッチを押して明かりを点《つ》け、室内に進む。直央も続くと窓のない狭い部屋で、薬品の臭いが漂っている。壁際にステンレス製の流し台と、薬品のボトルが並んだ棚があるので暗室だろう。

仁科は流し台の脇の作業台に歩み寄り、義徳の手帳を置いた。直央が差し出したジュラルミンケースも机上に置き、蓋《ふた》を開ける。取り出したのは、小さく丸い缶と梵天《ぼんてん》と呼ばれる、耳かきの上に付いている綿毛を大きくしたような道具だ。手帳の指紋を採取するのだと悟り、直央は、

「指紋は紙にも付着するそうですね。警察学校の研修で教わりました」

と大きな背中に語りかけた。取り出した品を机に並べながら、仁科が頷く。

「保存状態がよければ、十年以上残るよ……鑑識の現場では遺《のこ》された指紋は『遺留《いりゅう》指紋』と呼ばれ、肉眼で確認できる『顕在《けんざい》指紋』と確認できない『潜在《せんざい》指紋』の二種類がある」

途中からはきはきとした口調になって語る。この変化にも慣れ、直央は「はい」と頷いた。

「顕在指紋はアルミ粉末をまぶし、ゼラチン紙に転写するか写真に撮って保存する。一方、目に見えない潜在指紋は粉末や液体、気体などさまざまな方法で検出される。今回の場合は」

そこで言葉を切り、仁科は今度は義徳の手帳に手を伸ばした。取り上げた一冊の表紙には金色の文字で、去年の年号が印刷されている。手帳を捲り、付箋が貼られたページを開いて机に置いた。直央が脇から覗くと、昨日鮎川フーズで光輔が読み上げた、明世の事件に関する義徳の書き込みがあるページだった。

続いて仁科はいま出した小さく丸い缶を取り、蓋を開けた。缶の中には直央が初めて見る緑色の粉末が入っていた。仁科は片手に缶を持ち、もう片方の手で持った梵天の綿毛に緑色の粉末を付着させた。

直央が見守る中、仁科は梵天を動かし、手帳右側のページの端に緑色の粉末をまぶした。続けて明世の事件に関する書き込みと、その上の誰とどこで会った等、義徳の日常の出来事を書き記した部分にも緑色の粉末をまぶす。当然指紋は確認できず、この先どうするのかと直央の好奇心が湧く。すると仁科は缶と梵天を机に戻し、またジュラルミンケースの蓋を開けた。

白手袋の手が取り出したのは、長さ二十センチほどの金属製の黒い懐中電灯。次にオレンジ色のプラスチック製のゴーグルを取り出すのを見て、直央はぴんときた。

「ＡＬＳですね？」

そう問いかけると、仁科は「正解」と頷《うなず》いた。

「ＡＬＳはAlternative Light Sourcesの略で、日本語では代替光源。赤外線や紫外線など特定の波長の光を照射して、目には見えない指紋や体液などを検出する方法だ。指紋の検出には蛍光色素のローダミン６Ｇをまぶし、ＡＬＳライトは波長５００ｎｍ《ナノメートル》のものを選択。そしてオレンジ色のフィルターゴーグルを装着し」

また言葉を切り、仁科は持っていたゴーグルを直央に渡し、自分はジュラルミンケースからもう一つのゴーグルを出して顔に装着した。直央も倣うと、「明かりを消して」と命じられたので壁のスイッチを押した。たちまち部屋は真っ暗になり、前方でかちりと音がして、仁科が手にしたＡＬＳライトの明かりが点《とも》った。明かりの色は淡い水色だ。

明かりを頼りに直央は仁科の隣に戻り、仁科は片手にＡＬＳライトを握り、もう片方の手で義徳の手帳を手前に引き寄せた。直央は好奇心と緊張を胸に、ゴーグル越しに仁科が水色の明かりで義徳の手帳を照らすのを見つめた。

仁科は手を動かし、義徳の手帳の右ページ上に水色の明かりを向けた。と、義徳が日常の出来事を書き記した文字の上に、緑色の細く短い横線が複数浮かび上がった。身を乗り出し、直央は横線に目をこらす。

「これって」

「右手の、指と手のひら脇のシワだね。恐らく義徳のものだよ。こっちには、指紋もばっちり付着してる」

そう返し、仁科は水色の明かりをページの端に向けた。確かにそこには、渦を巻く指紋が緑色にぼんやりと浮かび上がっている。顔を上げ、直央は隣を見た。

「義徳の指紋は、十年前に聴取した際に採取しています。念のために照合しましょうか？」

「それは後」

ぴしゃりと告げ、仁科は再び水色の明かりを動かした。次に照らされたのは、右ページ下の明世に関する書き込み。再び身を乗り出し、直央は目をこらす。そして次の瞬間、

「あれ？」

と声を上げた。書き込みの上と周辺には、細く短い横線が一本もない。

「書き込みがあるのに、シワの痕《あと》が付着していませんね」

「うん。紙の繊維の毛羽立ちなどがないから、拭《ふ》き取ったんじゃないよ」

「じゃあ、寒くて手袋をしてたとか？……でも、これを書いたの十月のはずですよね？」

混乱し、直央は訊ねた。何も答えず、仁科は去年の手帳を脇に避《よ》けて別の年のものを開いた。片手で手帳を捲り、ページを開く。見ると、そこにも右ページ下に明世の事件に関する書き込みがあった。迷わず、仁科は書き込みに緑色の粉末をまぶし、水色の明かりを向けた。が、ここにもシワの横線は遺されていない。

それから、直央も手伝って義徳の手帳を調べた。仁科は昨夜一晩かけて全ての手帳に目を通したようで、明世に関する書き込みなど気になる点があるページには付箋が貼られていた。一時間以上かけて出た結果は、義徳の日常の出来事を記述した部分には横線が付着していたが、明世に関する書き込みの上と周辺だけは、何も付着していなかった。

「寒かったからじゃなく、シワを遺さないために手袋をはめて書き込みをしたんじゃないですか？　つまり、書き込みをしたのは義徳じゃなく」

暗闇の中で混乱はさらに増し、直央は捲し立てた。すると仁科は、

「気が早い。結論を急ぐのは、刑事課の悪いクセだよ。仮説を立てたら、まず検証」

といつものぶっきらぼうな口調に戻って答えた。そして「明かりを点けて」と直央に命じ、ALSライトの明かりを消した。

荷物をまとめ、暗室を出た。仁科は通路を進み、出入口のドアの手前で立ち止まった。壁際に机と椅子が置かれ、机上には顕微鏡が載っている。顕微鏡のレンズは太い筒状で、その上端からは黒いケーブルが延び、傍らの液晶ディスプレイに接続されていた。液晶ディスプレイの前には、キーボードとジョイスティックの箱もあった。デジタルマイクロスコープだ。仁科が机の端に義徳の手帳を載せて椅子に座るのを見て、直央は問うた。

「ボールペンのインクの解析をするんですか？」

「違う。筆跡鑑定」

「ああ。でも私には、書き込みと他の記述は同じ筆跡に見えるんですけど」

「四角くて大きさの揃った、模倣しやすい文字だからね。しかし、一見同じでも書いた人物が異なれば必ず細部に現れる。クセや精神、健康状態、年齢。あとは」

　そこで言葉を切り、仁科は机の引き出しを開けた。中を引っかき回し、ボールペンとコピー用紙を一枚取り出して机上に置く。直央が肩越しに覗《のぞ》くと、仁科はコピー用紙にボールペンで大きく「非」と書いた。続けてコピー用紙をデジタルマイクロスコープのレンズの下にある黒い板状のステージに載せ、ジョイスティックを握る。レンズの位置とピントが調節され、液晶ディスプレイに「非」という漢字が大きく映しだされた。

「ここ」

　仁科は告げ、「非」の左側の部分を指した。そこには縦線が一本と、横線が三本引かれている。

「縦線と横線の重なり具合をよく見て。縦線より横線の方が、黒いラインが濃くて輪郭もはっきりしてるのがわかるでしょ？」

　首を突き出して目もこらし、直央は指摘された箇所に見入った。

「確かに。先に縦線一本、次に横線三本を書いたからですよね」

「その通り。つまり、文字をどういう順番で書いたかがわかる」

仁科は言い、机の端に手を伸ばした。そして義徳の手帳の一冊を摑《つか》み上げ、

「何でもやるって言ったよね？」

と訊《たず》ねてじろりと直央を見た。

13

直央は両手で素早くスマホのキーボードを打ち、ＬＩＮＥのメッセージ欄に文字を打ち込んだ。相手は光輔で、状況報告と大至急連絡が欲しいという内容だ。文字を打ち終え、送信ボタンを押すと画面にメッセージの吹き出しが表示された。しばらく見守っていると既読が付いたが、光輔からの返信はない。その上には先に送ったメッセージが二十件近く並んでいるが、全て既読は付いているものの返信はない。

「もう。何やってんのよ」

苛立《いらだ》ちと焦りを胸に呟《つぶや》き、直央は隣を向いた。そこには仁科がいて、胸の前で腕を組み、薄暗い歩道の先を見つめている。直央たちの後ろには、鉄製の引き戸が引かれた鮎川フーズの工場の門がある。直央は言った。

「やっぱり、まずいですよ。蓮見さんたちと連絡が付くのを待った方が」

「もう待てない」

「でも、時効には間に合いませんよね？」

「関係ない。言ったでしょ。私は真実を知りたいだけ」

ぶっきら棒に返され、直央は「そうだけど」と呟く。気持ちが落ち着かず光輔に電話をかけようとした矢先、白い小型車が中杉通りから歩道に乗り上げて来た。運転席のドアが開き、鮎川正光が降りる。

「お待たせしてすみません」

「こんばんは。遅くに申し訳ありません」

直央が会釈すると、鮎川は首を横に振った。茶色のブルゾンにベージュのスラックスという格好だ。

「いえ。家はすぐ近所ですから。どうぞ。入って下さい」

そう告げて鮎川はブルゾンのポケットからキーホルダーを出し、カギの一本で引き戸を解錠した。引き戸を開けて小型車に戻り、工場の駐車場に入る。その後ろから、直央たちも工場の敷地に入った。時刻は午後八時前だが駐車場に人気はなく、ビルの窓も暗い。

鮎川の後に付いて、敷地脇の通路を進んだ。鮎川が通用口のセキュリティシステムを解除し、三人でビルに入ってエレベーターで三階に上がった。廊下から、がらんとした事務所に入り、奥の社長室に向かう。こちらのドアも鮎川が解錠して明かりを点《とも》し、直央と仁科は応接セットの手前のソファに座った。鮎川は奥のソファに座り、直央より先に口を開いた。

「やはり犯人は兄なんですか？　あの八百万円は、明世さんから奪ったものだったんでしょう？」

不安げに訊ね、直央と仁科を交互に見る。何も答えず、仁科は身をかがめて足下に置いたジュラルミンケースを弄《いじ》り始めた。その動きに促され、直央は腹をくくって話しだした。

「昨日お借りした義徳さんの手帳を調べました。手帳には、明世さんの事件に関するものらしい書き込みが十カ所ほどありました」

直央が説明している間に、仁科は白手袋をはめた手でジュラルミンケースから義徳の手帳を出し、ローテーブルに置いた。大量の付箋《ふせん》が貼られた手帳に目をやって鮎川が「はい」と頷《うなず》き、直央は話を続けた。

「当然ですが、手帳には義徳さんの手の痕や指紋が付いていました。でも、明世さんの事件に関する書き込みの周辺からは、何も見つかりませんでした」

「どういうことですか？」

戸惑ったように鮎川は問うたが、直央は話を変えた。

「書き込みの文字についても調べました。文字からは、上手《うま》い下手やクセ以外にも、たくさんのことがわかるんですよ」

緊張を押し隠し、途中から口調を砕けたものに変えて語りかける。「たとえば」と続け、足下の自分のトートバッグからボールペンと手帳を出した。手帳のページを開き、ボールペンとともにローテーブルの鮎川の前に置く。

「ここに『女』という漢字を書いてもらえますか？」

指で空に漢字を書きながら乞《こ》うと、鮎川は「はあ」と答え、手帳にボールペンを走らせだした。直央はその手の動きに見入り、仁科も手を止めて顔を上げたのがわかった。

白いページに黒いインクで漢字が記される。丸みを帯びた柔らかい筆跡で、やや右肩上がり。義徳の文字とは似ても似つかないが、直央の胸は大きく鳴り、声が漏れそうになるのを必死に堪《こら》えた。

「これでいいですか？」

顔を上げ、鮎川がボールペンと手帳を返して来た。鼻から深呼吸して気を落ち着け、直央は「ありがとうございます」と会釈して返されたものを手に取った。それをそのまま仁科に渡すと、鮎川が何か言おうとした。先回りして、直央は話を再開した。

「正しい書き順ですね。でも、義徳さんは違いました」

「どういう意味ですか?」

　鮎川の問いに答えるように、仁科がローテーブルから義徳の手帳を三冊取った。それぞれ付箋の貼られたページを開き、鮎川の前に置く。鮎川がページに目を向け、直央は手を伸ばした。

「これは明世さんの事件に関する書き込みです。それぞれ、『女』という漢字が使われています」

　ページに触れないように、直央は三冊の手帳の書き込みに記された三つの「女」を指した。メガネの奥の目を動かし、鮎川がそれを見る。と、仁科も手を伸ばして三冊の手帳の手前にそれぞれ二枚ずつ紙を置いた。二枚の紙にはどちらも「女」の横線と縦線が重なった部分がクローズアップされた画像が印刷されている。全て今日、桜町中央署の鑑識係のマイクロスコープで観察したものだ。紙に見入る鮎川の白髪頭に向かい、直央は言った。

「この画像の一つは、手帳の書き込みにあった漢字を顕微鏡で部分的に拡大したもの。もう一つも手帳の漢字を拡大したものですが、明世さんの事件とは無関係の記述を調べて、書き込みと同じ漢字をピックアップしました。線の輪郭や重なり具合をよく見て下さい。書き込みの『女』は、最初に縦線を二本引いて最後に横線という正しい書き順で書かれています。でも無関係の記述は、最初に横線を引き、次に縦線という誤った順番で書かれています」

指を動かしながら一気に説明して、直央は息をついた。同時に、さっきまで桜町中央署の鑑識係でやっていた作業を思い出し、どっと疲れる。

今朝、仁科に「何でもやるって言ったよね?」と問われ、直央は「はい」と頷いた。すると仁科は「手帳の明世さんの事件に関する書き込みと、事件とは無関係の記述を照らし合わせ、同じ漢字が使われていないか調べる。同じ漢字が見つかったら、マイクロスコープで比較観察するよ」と告げた。直央たちは手分けして書き込みと無関係の記述の照らし合わせをし、「女」という漢字を見つけた。

その後も仁科は、直央に手伝わせて手帳の指紋と十年前に採取した義徳の指紋の照合などを行い、全てが終わると午後六時を過ぎていた。直央は必死に光輔たちと連絡を取ろうとしたが叶《かな》わず、痺《しび》れを切らした仁科に迫られ、鮎川に「弟さんの手帳の件で確認したいことがある」と電話をした。鮎川が「工場で会いましょう」と応《こた》えたので、鑑識係のセダンでここに来た。

「そうですか。でも書き順って、急いだり慌てたりすると適当になるでしょう」

首を傾げ、鮎川が疑問を呈する。想定内の反応だったが、問題はこの先だ。

無理、っていうか、私がやっていいの?　一度は腹をくくった直央だが、不安と緊張にかられる。と、仁科の視線に気づいた。メガネの奥の小さな目が、すがりつくような、これまでにない眼差《まなざ》しで直央を見ている。「私は真実を知りたいだけ」という、さっきの仁科の言葉も蘇《よみがえ》った。

気がつくと、直央は前に向き直って言っていた。

「手帳に明世さんの事件に関する書き込みをしたのは、義徳さんではありません。正光さん。あなたが書き込んだんじゃないですか？」

「私が？　とんでもない。違います」

目を見開き、鮎川は首を横に振った。構わず、直央は続ける。

「昨日あなたは、十年前に工場の経営危機を乗り切った一千万円のうち、足りなかった八百万円は義徳さんが用意したと言いました。それはウソで、あなたが吉海明世さんの自宅に押し入って奪ったんです。でも私たちが事件を調べていると知り、焦ったあなたは手袋をはめて筆跡を真似て、義徳さんの手帳に犯行をほのめかす書き込みをした。だけど、漢字の書き順の違いまでは、想像していなかったんでしょ？」

緊張と興奮のせいで、最後はきつめのタメ口になってしまう。すると鮎川も口調を強め、言い返した。

「言いがかりだ。八百万円は本当に兄が用意したんだ。そもそも、私が書き込みをしたって証拠はあるのか？」

返事に窮《きゅう》し、直央は黙った。書き込みをしたのが義徳ではないのは確かで、書き順の矛盾もあるが、正光がやったという証拠はない。

鮎川は身を乗り出し、鼻息も荒くさらに何か言おうとした。と、にゅっと伸びて来た腕がその眼前に何かを突き出した。腕は仁科のもので、手に紙を一枚摑《つか》んでいる。驚いて鮎川が身を引き、仁科は手にした紙をローテーブルに置いた。見ると、紙にはいくつかの画像が印刷されている。

「これは事件の夜、明世さんの自宅近くに設置された防犯カメラに映っていた男」

仁科は言い、画像の一つを指した。確かにその通りで、薄暗いモノクロの画面に、ハットをかぶり、右足を一歩前に踏み出して右手を少し後ろに引き、左手を前に出して歩く男の後ろ姿が映っている。続いて仁科は、隣の画像を指した。

「こっちは、この工場のホームページにあるブログで見つけた。従業員が交替で書いてるみたいだけど、これはあなたでしょ？」

そこに映っているのも、一人の男の後ろ姿。何かのイベントのスナップなのか、Tシャツにジャージ姿だが、白髪頭と体つきは間違いなく鮎川のものだ。

そうか。このために昨日の朝、ノートパソコンで鮎川フーズのホームページを見てたんだ。合点がいき、直央はブログの画像に見入った。同じようにブログの画像に見入っている鮎川に向かい、仁科は、

「で、この後ろ姿の写真からあなたの骨格モデルを作り、防犯カメラの男の映像と重ねた」

と続け、三枚目の画像を指した。言葉通り、ハットの男の映像に同じポーズを取る黄色い骨格モデルが重ねられている。驚いた直央が振り向くより早く、仁科はさらに言った。

「背と骨の長さ、関節の位置、その他もろもろぴったり一致。解析ソフトも、99.1%同一人物だと判断したよ」

その鋭く淀《よど》みのない口調に、今度は鮎川が黙る。手応えを覚えてテンションも上がり、直央は口を開こうとした。すると、鮎川が顔を上げた。

「だからなんだ。私にはアリバイがある。十年前の今日、私は取引先の社長と駅前のスナックにいた。社長は知人だが、スナックには初めて入った。ウソだと思うなら、確認してみろ」

まずい。アリバイを忘れてた。直央は覚えた手応えがみるみる消え、テンションが下がるのを感じた。仁科も強い目で鮎川を見返してはいるが、言葉が浮かばない様子だ。自分はここまでだと決断し、直央は立ち上がった。

「とにかく阿佐谷署までご同行下さい。お願いします」

「行くよ。やましいことは、何もないからな」

鼻息も荒く返し、鮎川も立ち上がる。拒否されると思っていたので拍子抜けしながら、直央はトートバッグを肩にかけて鮎川に付き添い、社長室のドアに向かった。仁科はローテーブルに広げた品を、ジュラルミンケースにしまいだす。壁の時計に目をやると、時刻は午後八時半になっていた。

せめて鮎川に犯行を認めさせたかった。蓮見さんたちがいれば。後悔と憤りを感じながら心の中で呟《つぶや》き、直央は社長室のドアの前まで行った。

「トイレに寄る」

鮎川が言い、直央は「わかりました」と応えてドアを開けた。二人で事務所から廊下に出て、鮎川は向かいの男子トイレに入った。その前に立ち、直央はスマホを出して光輔にＬＩＮＥでいきさつを報告した。

「長すぎない？」

その声に顔を上げると、ジュラルミンケースを提げた仁科が事務所から出て来るところだった。はっとして、直央は男子トイレを振り返った。メッセージを打つのに夢中になってしまったが、確かに用を足すだけにしては時間がかかりすぎだ。

「鮎川さん？」

問いかけながら、直央は男子トイレのドアを開けた。手前の小便器の前は無人で、その脇にある個室のドアも開いている。奥に目を向けると、窓が全開になっていた。

鼓動が速まるのを感じながら、直央は腰の高さほどの窓に駆け寄って外を覗《のぞ》いた。かすかに届く裏のビルの明かりで、窓の斜め後方の外壁に取り付けられた鉄製の非常階段が見える。直央が小さな足音に気づくのと、非常階段を降りきった鮎川がビルの裏側のスペースに出て来たのが同時だった。

「鮎川！」

身を乗り出して叫んだが、鮎川はスペースを走り、敷地脇の通路に入った。

追いかけなきゃ……ダメだ。一階まで降りてる間に、鮎川は逃げる。パニック状態になりながら必死に頭を巡らせ、直央は身を翻して男子トイレを出た。「鮎川は？」と訊《たず》ねる仁科の脇を抜け、ドアを開けて事務所に戻る。通路を走り、社長室に入って奥の窓枠へ向かった。窓の前を塞《ふさ》ぐ黒革の椅子を脇にやり、ブラインドを上げて窓を開けた。

十メートルほど下に工場の駐車場が見え、ビルの外壁に取り付けられた照明が、駐車場の端に停められた白い小型車を照らしている。視線を上げ、直央は工場の敷地の外を走る歩道を見回した。通行人が来たら呼び止めようとしたが、誰も通らない。ジャケットのポケットを探り、直央がスマホを取り出そうとしたその時、敷地脇の通路から鮎川が飛び出した。そのまま走り、駐車場に入って行く。

「鮎川、止まれ！」

窓から身を乗り出し、直央は叫んだ。ちらりと顔を上げた鮎川だったが、すぐ前に向き直り、白い小型車に駆け寄った。

「逃がさないで！」

隣に来た仁科に言われ、直央はさらに焦り、うろたえた。と、短い電子音が聞こえ、直央は視線を駐車場に戻した。鮎川がスマートキーで白い小型車のドアを解錠したのだと察し、直央の胸に強い怒りが湧く。

「下がって！」

そう告げて仁科を下がらせ、直央は手にしたスマホを振り上げようとした。が、思い直し、後ろの机を見回す。机上は整理整頓《せいとん》され、パソコンのキーボードと液晶ディスプレイ、ビジネスホンしか載っていない。動かした視線は自分の体に向き、あるものに目が留まった。その瞬間心が決まり、直央はスマホを手放して身をかがめ、ライトグレーのハイテクスニーカーを片方脱いだ。そしてハイテクスニーカーを片手で摑み、窓に向き直った。

「そいつを捕まえて！　強盗です」

身を乗り出し、誰もいない歩道に叫ぶ。すると開けたドアから運転席に乗り込もうとしていた鮎川が動きを止め、歩道の方を見た。

チャンス。直央は思い、片手を大きく振りかぶってハイテクスニーカーを投げた。

空《くう》を切り、ハイテクスニーカーは白い乗用車の方に降下していく。が、角度を付け過ぎたのか、ハイテクスニーカーは運転席のドアフレームの上にぶつかった。それを見て直央の胸がどきりと鳴った直後、ハイテクスニーカーはドアフレームの上でバウンドし、振り返った鮎川の顔面にヒットした。鮎川が「うっ！」と声を上げ、顔からメタルフレームのメガネが吹き飛ぶ。

「よし！」

思わず直央も声を上げ、暗がりに鮎川の眼鏡とハイテクスニーカーがコンクリートの地面に落ちる音が響く。鮎川は片手で顔を押さえ、地面に身をかがめた。しかし遠くに飛んでしまったのか、メガネは見つからない様子だ。

これで車の運転はできない。そう悟り、直央はほっとしかけた。が、鮎川は顔を押さえたまま身を翻し、門に向かって走りだした。

「ちょっと！」

再び焦り、直央は叫ぶ。よろよろとしながらも鮎川は走り続け、引き戸の開いた門から歩道に出ようとしている。

逃げられる。直央の焦りが絶望に変わりかけたその時、歩道の方から人影が飛び出した。

「そこまでだ！」

人影は叫び、門の外に立って両手を広げた。それが光輔だと直央は気づき、鮎川は驚いて立ち止まる。鮎川に向かい、光輔は言った。

「逃げてもムダだ。お前のしたことは、全部わかってる！」

驚きと混乱で、直央は窓から身を乗り出したまま固まった。するとばたばたと足音がして、歩道から今度は架川が姿を現した。さらに驚いた直央に、仁科が言う。

「行くよ！」

振り向くと、仁科はドアに向かって走っている。「はい！」と応《こた》え、直央もドアに向かった。社長室を出て仁科を追い越し、事務所を走り抜ける。そのまま廊下に出て、片足はハイテクスニーカー、もう片方の足はスニーカーソックスという格好のまま階段を駆け下り、通用口からビルの外に出た。脇道も駆け抜け、駐車場から工場の門に向かう。そこでは鮎川と架川が揉《も》み合っていた。

「悪あがきするんじゃねえ！」

架川は言い、黒いダブルスーツの腕で鮎川の肩を押さえようとしている。が、鮎川はそれを振り払い、「放せ！　私は無実だ。アリバイがある」と怒りをはらんだ声で返した。

「そのアリバイというのは、十年前の十月十一日の午前零時過ぎ、あなたは食品卸業者・浜江物産社長の浜江利隆《としたか》と、阿佐ヶ谷駅西口のスナック・みすゞにいたというものですか？」

いつもの丁寧な口調に戻り、架川の脇から光輔が訊ねる。鮎川の後ろに立った直央に気づき、目配せをしてきた。架川が腕を引っ込めると鮎川も抵抗をやめ、頷《うなず》いた。

「ああ。そうだ」

光輔の言葉を聞き、鮎川がほっとしたように頷く。すかさず、光輔はこう続けた。

「確かに浜江は十月十一日の深夜はあなたと一緒だったと話し、みすゞのママの渥美《あつみ》紀子《のりこ》も、同夜あなた方が来店し、どちらも初めて見る顔だったと言いました」

「しかしさらに調べると、渥美は浜江の愛人だったと判明しました。加えて十年前、浜江はあなたに会社の運転資金として二百万円を貸していた。あなたは浜江に明世さん宅に押し入る計画を伝えた上で、『借りた金は倍にして返す。一緒にいたことにしてくれ』と頼み、渥美も巻き込んでアリバイ工作に加担させた。浜江を聴取したところ、『鮎川さんは大事な取引先だし、大金が手に入るなら何でもいいと思った』と自供しました。それを伝えると渥美も、十年前に虚偽の証言をしたと認めましたよ」

「何それ!?」

思いも寄らぬ展開に、直央は声を上げてしまう。が、光輔と架川は鮎川を見据えたままだ。その眼差《まなざ》しにたじろぎ、鮎川は返した。

「そんな工作はしてないし、強盗だってやってない。私を犯人に仕立て上げようっていうのか？　だが、もう時効だ。時間切れなんだよ」

「そうは問屋が卸さねえぞ」

低く鋭く架川が告げ、鮎川がはっとする。「その通り」と頷き、また光輔が言った。

「強盗事件の公訴時効は十年です。ただし、一定の事由によって公訴時効は停止する。まず犯人が公訴された場合。次に犯人が国外にいる場合。さらに犯人が逃げ隠れしているために、起訴状の謄本の送達など必要な手続きができなかった場合。そして、事件の共犯者が公訴された場合です」

最後のワンフレーズは決め台詞《ぜりふ》風に言い渡し、光輔が鮎川を見据える。透き通って冷たい眼差しに鮎川は小さく肩を揺らし、直央もぞくりとする。

「これに従い、浜江と渥美はあなたの共犯者として公訴され、明世さんの事件の時効は停止されました。こちらがその通知書です」

淡々と続け、光輔はスーツのジャケットのポケットから出した書類を鮎川の眼前に突き出した。

「ち、違う。濡《ぬ》れ衣《ぎぬ》だ。全部兄の仕業なんだ」

うろたえ、鮎川が後ずさりしようとする。その腕を架川ががっちりと捕らえ、光輔は告げた。

「鮎川正光。住居侵入と強盗の容疑、加えて逃亡を図るおそれがあることから緊急逮捕とする……言いたいことがあれば、署でどうぞ」

その言葉を聞き、鮎川の背中からみるみる力が抜けていくのに直央は気づいた。と、架川が腰のホルダーから手錠を出し、顔を上げた。

「お前のヤマだろ」

一瞬、直央は自分に言ったのかと思った。が、架川の視線を追い振り向くと、いつの間に来たのか、後ろに仁科がいた。

自分を無言で見返す仁科に、架川は手錠を差し出した。直央の頭に四日前、明世の事件を調べると決めた時、架川が語った仁科への想いが蘇《よみがえ》る。

仁科と目が合い、直央は大きく頷いて見せた。すると仁科は意を決したように進み出て、架川から手錠を受け取った。そして手錠の嚙《か》み歯を外し、鮎川の目をまっすぐに見て、両手首に手錠をはめた。かしゃんと乾いた音が、その場に流れた。

鮎川ががっくりとうなだれ、それが合図のように中杉通りからパトカーのサイレンの音が聞こえて来た。たちまち、歩道の向こうにルーフにパトライトを載せた数台のセダンが停まり、その一台からスーツ姿の男たちが降りて来た。

「勘弁して下さいよ」

顔をしかめて駆け寄って来たのは、阿佐谷署の家城だ。他の男たちも阿佐谷署の刑事だろう。

「安心しろ。手柄はそっちのものだ」

架川が告げ、家城は「そういう問題じゃないんだよなあ」とぼやきつつ鮎川に歩み寄った。他の刑事たちも鮎川を取り囲み、セダンに連れて行く。その背中を直央と架川、光輔、そして仁科は黙って見送った。

14

「申し訳ありませんでした。失礼します」

光輔は一礼し、小会議室のドアを閉めた。それを先に廊下に出た直央と仁科が見守り、架川は「コーヒーが飲みてえ」と言って歩きだした。

「お疲れ様でした。課長と係長は、あれで納得したでしょうか？」

架川の後に付いて廊下を歩きだしながら、直央は問うた。隣を歩く光輔が頷く。

「大丈夫。こういう時、日頃の行いがものを言うんだよ。それに、仁科さんが事情説明をしてくれたから」

前半は冗談めかして笑い、後半は直央の隣の仁科を気遣うように見た。仁科は無言。制服の片腕に紙袋を抱え、前を向いて歩いている。

昨日の騒動から一夜明け、直央たちが出勤すると刑事課長の矢上に小会議室に呼び出された。小会議室には鑑識係長と仁科もいて、明世の事件の越権捜査についてこんこんと説教された。しかし真相究明の手柄を渡すこと、十年前の捜査に問題があったことを表沙汰《おもてざた》にしないという条件で阿佐谷署は納得したそうで、直央たちもお咎《とが》めなしとなった。

出勤して来た署員たちとすれ違いながら四人で廊下を進み、エレベーターホールの手前にある休憩スペースに入った。飲み物とスナック菓子の自販機と、ベンチが置かれている。

「昨夜あの後、鮎川は自供《げろ》したらしいな」

自販機に歩み寄り、缶入りのブラックコーヒーを買いながら架川が言った。この缶コーヒーは架川のお気に入りで、直央は度々買いに行かされている。直央、仁科とともにベンチに座り、光輔は応えた。

「ええ。鮎川は数回ですが、ぐあてまらに行ったことがあり、明世さんのタンス預金についても義徳から聞いていたそうです。それで工場が経営難になった時、タンス預金を奪おうと思いついた。ところが時効目前になって僕らが現れ、『逃げ切れないかも』と焦って亡くなっているのをいいことに、義徳の手帳に書き込みをして罪を被《かぶ》せようとした」

「犯罪者ってやつは、自分は完璧《かんぺき》だ、絶対に捕まらねえと思ってはいても、不安や罪の意識からは逃れられねえ。だから、やらなくてもいいことをやって自爆しちまうんだ」

重々しく告げ、架川は片手をダークグレーに白いストライプのダブルスーツのポケットに入れ、立ったまま缶コーヒーを飲んだ。「確かに」と光輔が頷き、直央も口を開く。

「でも、既読スルーはやめて下さい。昨夜はどうなることかと思いましたよ。研修中の身には、荷が重すぎます」

口を尖《とが》らせてぼやくと、「なに言ってやがる」と架川が返した。

「デカはデカだ。研修を言い訳にするな。そんな了見だから、鮎川に便所からトンズラされたんだ」

「すみません。でも、あれだって蓮見さんたちと連絡が取れてれば」

小さくなりながらも、直央は憤慨した。とたんに「何だと?」と架川は眼差《まなざ》しを鋭くし、そこに「まあまあ」と光輔が割って入ってきた。直央に向き直り、光輔は言った。

「悪かったね。とにかく時効を停止させなきゃいけないから、必死だったんだ。架川さんと手分けして浜江と渥美にアリバイの偽装を認めさせ、阿佐谷署に事情を伝えて、地検に浜江たちを公訴してもらえるように頼み込んでいたんだ。でも、水木さんがL

INEしてくれた鑑識結果が阿佐谷署と地検を説得する大きな材料になったし、真犯人《ホンボシ》は鮎川だと閃《ひらめ》いたのも、水木さんのお陰だよ」

「そうなんですか？」

驚き訊《たず》ねると、光輔は「うん」と頷《うなず》いた。

「それって一昨日《おととい》の昼間、義徳の手帳を借りて鮎川フーズを出た時ですよね？」

「そう。水木さんの『義徳が生きていたら真相は明らかにならなかった。私たちが調べてるとわかったら、手帳は始末したはず』って言葉を聞いたとたん、頭がものすごいスピードで回りだしたんだ」

「へえ」

感心するのと同時に嬉《うれ》しくなり、直央は隣の仁科を見た。と、仁科は抱えていた紙袋を直央に差し出した。

「これ。一応押収したけど、もう用なしだから」

「はあ」と受け取り、直央は紙袋を開いて中身を取り出した。それはライトグレーのハイテクスニーカー。昨夜、鮎川に投げつけたものだ。

「その靴を履く、いい口実ができたね」

真顔でぼそりと仁科が言い、架川と光輔がぶっと噴き出す。「ですね～。ありがとうございます」と笑顔で返しハイテクスニーカーを袋に押し込んだ直央だったが、微妙にイラッとする。と、仁科がベンチから立ち上がった。

「じゃ、私はこれで……今朝、理髪店の杉山さんに事件のことを報告したら、泣いて喜んでました。『近いうちに常連客のみんなで、明世さんのお墓に報告に行こう』とも言われた。みなさんのお陰です。ありがとうございました」

目を伏せたままぼそぼそと言い、最後にぺこりと頭を下げた。その姿に胸が熱くなり、直央は応《こた》えた。

「いえ。私こそ、仁科さんの鑑識技術を間近に見られて勉強になりました。ありがとうございます」

光輔も「お役に立てて何よりです」と会釈し、最後に架川が言った。

「よかったな、もっちゃん。今後も、持ちつ持たれつでいこうぜ」

「もっちゃんって言うな」

顔を上げ、からかうように笑う架川を睨《にら》み、仁科はすたすたと休憩スペースを出て行った。慌てて、直央はその後を追った。

「あの、仁科さん」

呼びかけると、仁科は足を止めて振り返った。後ろを確認し、直央は昨夜から考えていたことを切り出した。

「四日前の夜、鑑識係でした約束を覚えていますか？　ホシを挙げたら、『あの時の写真』がどんな写真か教えてくれるっていう」

「ああ、あれ」

仁科が頷く。テンションを上げ、直央は続けた。

「蓮見さんは私の言葉でホンボシが鮎川だと閃いたと言っていたし、ある意味、本当に事件を解決したのは私とも」

「あんた、意外と図々《ずうずう》しいね」

呆《あき》れたように返し、仁科は小さな目で直央をじろりと見た。「いえ、あの」と直央がうろたえると、仁科はこう続けた。

「蓮見さんが閃いたのは、鮎川フーズを出たところでしょ？　でも私は社長室で鮎川から義徳さんの手帳を渡されて書き込みを見た瞬間、偽造されたものだとわかったよ。それに、義徳さんと鮎川は蓮見さんが見間違えるほど顔立ちが似てるけど、義徳さんは防犯カメラの男より骨格が華奢《きやしや》だ。だから、最初にホンボシに気づいたのは私。残念だったね」

「え～っ！」

つい声を上げた直央を、行き交う署員が訝《いぶか》しげに見る。しかし仁科の言動を思い起こせば、あり得る話だ。直央ががっかりしていると、仁科は言った。

「あの二人と付き合っていくつもりなら、覚悟がいるよ」

はっとして顔を上げると、仁科も直央を見ていた。言葉と眼差しには含みが感じられたが、それが何なのか直央にはわからない。黙っていると仁科は、

「ま、何でもいいけど」

と面倒臭そうに告げ、身を翻して歩きだした。ふいに強い思いにかられ、直央は大きな背中に返した。

「覚悟なら、とっくにできてます」

が、仁科は足を止めず、エレベーターの脇にある階段を上がって行った。言われたことを嚙《か》みしめ直央が立ち尽くしていると、どやどやという気配があり、架川の声がした。

「なんだ？　お前、いま『あの時の写真』って言わなかったか？」

「いいえ、とんでもない」

慌てて振り向き、答えると胸の中のものは消えた。しかし余韻は残り、直央はそれを抱えたまま架川と隣の光輔を「行きましょう。仕事仕事」と急《せ》かし、刑事課の部屋に向かって歩きだした。

15

その日の午後八時。直央は中央区銀座《ちゅうおうぎんざ》にいた。ツタの絡まるレンガ張りの外壁が印象的な、フレンチレストランの最上階にある個室だ。ここに来るのは春以来で、テーブルの向かいに座るのは、前回と同じく父方の祖父の津島信士だ。

「直央。ごつくなったな」

牛フィレ肉のポワレを口に運びながら、信士が言った。生え際が少し後退した白髪頭で、がっちりした体を仕立てのいいダークスーツに包んでいる。直央は鹿肉のソテーをナイフとフォークで切り分ける手を止め、返した。

「逞《たくま》しくなったって言ってよ。刑事課で鍛えられてるの」

「そうか。そりゃ悪かった」

声を立て、信士は笑った。目尻《めじり》の脇に深い皺《しわ》が寄り、その横顔がテーブルの傍らの天井までガラス張りの窓に映る。ふと思い出し、直央は問うた。

「おじいちゃん、警察の仕事をするの？　警視庁の土地を再開発する計画があるんでしょ」

「誰に聞いた？」

直央を見ずにワイングラスに手を伸ばし、信士が訊《き》き返した。口調は穏やかだが眼差しが尖《とが》った気がして、直央は少し緊張して答えた。

「お母さんだけど。仕事関係の人に聞いたみたい」

「そうか……この前、ここで渡したペンはどうした？」

質問には答えず、信士は話を変えた。面食らい不満も覚えた直央だったが、

「ちゃんと使ってるよ。これでしょ」

と返してジャケットのポケットから手帳を出す。手帳には軸の部分が黒く、上端のノックカバーと脇のクリップ、下の口金《くちがね》の部分が銀色のボールペンが挿してある。

「手入れはしてるか？　貸してごらん」

「まだインクはあるし、ボールペンに手入れなんか必要なの？」

「安物だからな。だが、使い勝手は抜群だ。そのペンが現役時代の私を支えてくれた」

「そんな、大袈裟《おおげさ》な」

直央は笑ったが信士に手を差し出されたので、手帳からボールペンを抜いて渡した。信士はスーツのジャケットのポケットから老眼鏡を出してかけ、料理の皿を脇に避《よ》けてナプキンを広げた。そしてボールペンをナプキンの上に置き、上端のノックを押したり口金を外したりし始めた。

「何も今やらなくても」

「こういうことは、思いついた時にやらないとダメなんだ……直央。使い方が雑だな。もうグリップにキズができてるぞ。仕方がない。持って帰って修理してやろう」

「え〜っ。キズぐらい、いいじゃない」

「ダメだ。修理が終わったら送るから、それまで別のペンを使いなさい」

問答無用と言った調子で告げ、信士は分解したボールペンを素早く組み立ててジャケットのポケットにしまった。

「まったく。言いだしたら聞かないんだから」

鹿肉を頬張り呆れた直央だったが、そういえばお父さんも言いだしたら聞かなかったし、「思いついた時にやらないとダメ」とも言っていたなと思い出した。嬉《うれ》しいようなおかしいような気持ちになり、直央は食事を再開した信士を見つめた。

16

同じ頃、光輔も銀座にいた。銀色のセダンの助手席に乗り、通りの先には直央と信士が食事中のフレンチレストランのビルがある。

「津島が動いたな。タイミングからして、奥多摩《おくたま》の土地を巡る計画絡みと考えて間違いないだろう」

運転席で羽村琢己《はむらたくみ》が言う。ダークスーツ姿で背が高く、色白。黒く太い眉《まゆ》と、一重まぶたの細い目が印象的だ。三十五歳の羽村は本庁の人事第一課人事情報管理係所属で、階級は警部補。光輔の協力者で、このセダンも羽村が手配した。

光輔が無言で明かりが点《とも》ったビルの最上階を見ていると、羽村はさらに言った。

「今後の水木直央の動向は要注意だぞ。ところで、水木は津島のことをどこまで知ってるんだ？」

「さあ。何度か育ちのよさを褒めるふりで聞き出そうとしたけど、上手《うま》くいかないんだ。津島との関係を公にしたくないようだけど、何かを知っているからなのか、コネ入庁がバレるのを嫌がっているのかは不明。適当なようで、妙に頑固で物怖《ものお》じしないところがあるんだよな」

最後のワンフレーズは独り言のように呟《つぶや》くと、羽村は「なんだそれ」と眉をひそめた。

「いずれにしろ、奥多摩の土地の再開発計画と参画企業の筆頭が帝都《ていと》損害保険だという情報はあちこちに流れだしてる。余計なやつらが首を突っ込む前に、先手を打つべきだ」

「わかってる。だから、架川さんに——それにしても遅いな。何やってるんだろう」

光輔も眉をひそめ、助手席の窓から通りを見回す。帝都損害保険は警察官僚の天下り先で、津島が副社長のポストについている。

と、脇道の薄暗がりから架川が姿を現した。通行人の間を縫って歩道を横切り、素早く周りを見てからセダンの後部座席に乗り込んだ。とたんに、車内に少し刺激のある独特の匂いが流れる。

「架川さん。何を食って来たんですか？」

さらに眉をひそめ、羽村が運転席の窓を開ける。「悪い悪い」と笑い、架川は答えた。

「今まで会ってた捜査協力者《エス》は、焼き肉店のオーナーでな。ネタをもらう代わりに、カルビだのロースだの食いまくった。あとは、ニンニクの炭火焼きも二、三個」

「わかりましたから、取りあえずこれを嚙んで下さい」

羽村は片手で鼻を押さえ、もう片方の手でジャケットのポケットを探ってミントガムを出し、後ろに差し出した。「おう。かたじけねえ」とガムを受け取った架川を振り向き、光輔は訊《たず》ねた。

「で、ネタは？」

「ばっちりだ。おあつらえ向きのやつがある」

そう答え、架川はポケットから二つ折りにした封筒を抜き取って光輔に渡した。封筒もニンニク臭かったが構わず、光輔は封を開けて中の書類を取り出した。架川が言う。

「先手必勝。明日《あした》から動くぞ。見てろよ」

酒も入っているのか高めのテンションで言い、架川は後部座席の窓からフレンチレストランのビルを覗《のぞ》いた。咳《せ》き込んで首を後ろに回し、羽村が言う。

「いいから早くガムを噛《か》んで下さい。この車、借り物なんですよ」

「うるせえな。噛めばいいんだろ、噛めば」

架川がわめき、羽村がさらに何か言う。しかし書類を読み始めた光輔には何も聞こえない。光輔はむさぼるように書類の文面を読み進め、添付されている写真に目を通した。

第二話　裏の裏

1

小気味のいい音がして、コルクが抜けた。岡光大志《おかみつたいし》は片手に摑《つか》んだボトルを口に当て、黄金《こがね》色のシャンパンを飲み始めた。その姿に、黒革のソファに座った男女がどよめく。ここはキャバクラのＶＩＰルームで、男たちは揃って日サロで焼いた肌にタトゥーを入れ、パーカーにジーンズ、ジャージとラフなファッション。キャバクラ嬢は華やかで露出の大きいドレス姿だ。

ボトルの半分のシャンパンを一気に飲み、大志は手を下ろした。男とキャバクラ嬢から歓声が上がり、拍手も起きた。ボトルを酒のグラスやつまみが載ったテーブルに置き、大志は顔を上げた。

「気づいたか？　今日の試合、プロの格闘家が見に来てた」

酔って上手《うま》く回らない舌でそう告げると、男の一人が騒いだ。

「マジ⁉　やったな」

「注目されてるんだよ。今が正念場だぞ」

別の一人も言い、大志の隣に座った赤いTシャツ姿の男の肩を叩《たた》いた。

「はい。がんばります」

酔いで充血した目を輝かせ、赤いTシャツ姿の男が頷《うなず》く。中背だが、腕は太く胸板も分厚い。目と口の脇の傷は、今日の試合の名残だ。テンションが上がり、大志は再びボトルに手を伸ばした。

「このままてっぺん目指すぞ！　みんなでいい景色見ようぜ」

そう言ってボトルを摑んだ手を突き上げると、赤いTシャツ姿の男も雄叫《おたけ》びとともに拳《こぶし》を突き上げた。他の男たちも続き、大志はさらにテンションを上げてボトルを口に運ぼうとした。と、VIPルームのドアが開いた。振り向いた大志の目に、室内に駆け込んで来たキャップを目深にかぶった男の姿が映る。

大志や他の男たちが反応するより早く、キャップの男はテーブルの向こうに立ち止まり、両手を体の前に上げた。その手が黒い拳銃《けんじゅう》を握っていると気づいた瞬間、乾いた銃声が響き、大志は腹に強い衝撃を感じた。

大志が手放したボトルが床に落ちる音にキャバクラ嬢の悲鳴が重なり、男たちが一斉に立ち上がった。が、大志はその場から動けない。すると、キャップの男は一旦《いったん》下げた銃口を再び上げた。

「てめぇ！」

そう怒鳴り、赤いTシャツ姿の男がテーブルに上がろうとした。はっとして、大志は隣に身を乗り出した。とたんにまた銃声が響き、大志の左胸に衝撃が走る。

「大志さん！」

隣から伸びて来た手が、大志の肩をがっちりと摑む。しかし大志は、全身から力が抜けていくのを感じた。頭と視界もぼんやりし、やがて何もわからなくなった。

2

湯気の立つ紙コップを手に、野津佑《のづたすく》が歩み寄って来た。

「待たせてごめん」

「ううん。こっちこそ、早起きさせてごめんね」

そう答え、水木直央は頭を下げた。「いや」と返し、野津は紙コップをカウンターに置いて直央の隣に座った。洒落《しゃれ》たブルゾンとスラックス姿で、黒いプラスチックフレームのメガネをかけている。

「どう？　豊洲《とよす》署の地域課は」

紙コップのコーヒーをすする野津を見て、直央は訊《たず》ねた。ここは地下鉄豊洲駅前にあるコンビニのイートインコーナーで、時刻は午前六時前。店内に他の客はおらず、店員の若い男が棚におにぎりを並べている。下半分が湯気で曇ったメガネのレンズ越しに直央を見返し、野津は答えた。

「オフィスとタワーマンションばっかりで治安はいいけど、運河からの風が強くて——なんて話してる時間はないでしょ。水木もこれから仕事なんだし」

「だね」

頷いて頭を切り替え、直央は隣のスツールに載せた黒革のトートバッグを取った。

野津とは警察学校の同期で、一般の学校のクラスに当たる教場《きょうじょう》の仲間だ。

「このあいだ頼んだ件だけど、私もざっとは把握してるの。警視庁のサイトに、基本計画説明書が開示されてたし。要は、奥多摩にある機動隊の訓練施設の跡地を再開発しようって計画でしょ？」

そう続け、直央はトートバッグから書類を取り出した。表紙にはワープロの文字で、「警視庁機動隊総合訓練施設跡地利用計画説明書」と書かれている。

「うん。跡地は三千坪以上あって、ホテルやリゾートマンション、スパランドや老人ホームなんかを擁した複合施設を建設するらしい。競争入札で工事を請け負うことになったのは、ゼネコンの東央《とうおう》建物」

「東央建物の名前はここの参画《さんかく》企業一覧にもあったけど、警視庁の幹部の天下り先よね？　競争入札に不正があった可能性はない？」

十ページ以上ある基本計画説明書を捲《めく》り、直央は問うた。参画企業一覧の他、現地の説明や計画の方針などがイラストや地図、写真も交えて記されている。コーヒーを一口飲み、野津は断言した。

「それはない」

「なんでわかるのよ」

「調べたから。兄貴を呼び出して、しこたま酒を飲ませてさ。苦労したよ」

「そうか。ごめんごめん。今度必ずお礼をするね」

両手を顔の前で合わせ、直央は訴えた。野津の兄も警察官で、本庁の警務部で人事に関わる職務についている。「いや。俺も興味あったし」といたずらっぽく笑い、野津はこう続けた。

「去年の一月に、本庁の有働弘樹《うどうひろき》って警務部長が逮捕された事件があったでしょ。十年前の長野県での談合と収賄、ホステス殺害事件に関与してたってやつ。兄貴の話では、その有働が再開発計画の主要メンバーの一人だったって」

「えっ、そうなの?」

「うん。公《おおやけ》にはなってないけどね。でも、さすがにこのタイミングで入札絡みの不正は繰り返さないでしょ」

「確かに」

頷いた直央を、野津が見る。

「ていうか、あの事件って水木の指導員が解決したんじゃなかったっけ？　夏に呑《の》んだ時、『若いイケメンと元マル暴のおじさん』って言ってたよね？」

そう問いかけられたが、直央は答えられない。すると野津は直央を前に向け、「水木も大変だな」と呟《つぶや》いてコーヒーを飲んだ。

3

礼を言い、野津と別れた。豊洲駅まで歩く間も地下鉄に乗ってからも、直央はぐるぐると考え続けた。

基本計画説明書の参画企業には、祖父・津島信士が副社長をしている帝都損害保険の名前があった。それを見て、直央は数週間前に母親の真由から聞いた、信士が警察の仕事をするという話はこのことかと気づいた。

参画企業には帝都損害保険や東央建物の他にも、警備会社やホテル、百貨店など警察官僚の天下り先の名前が並んでいた。でも、おじいちゃんは悪いことはしていないわよね。一月の事件は、有働って警務部長が一人でやったこと。再開発計画の他の主要メンバーは関わってないし、関わってたとしても辞めさせられてるはず。自分で自分に言い聞かせ、直央は気持ちを落ち着かせた。しかし頭に浮かんだ信士の顔は消えず、そこに蓮見光輔と架川英児の顔が重なった。

地下鉄と電車を乗り継ぎ、午前八時前に桜町中央署に登庁した。通用口から署屋に入り、直央は頭を振って気持ちを切り替えた。すれ違う署員たちに、「おはようございます」と挨拶《あいさつ》をしながら階段を上がった。三階に着き、廊下を歩きだしてすぐに、

「ちょっと、あなた」

と声をかけられた。振り向くと、階段の脇にあるエレベーターホールに女が立っていた。立ち止まり、直央は応《こた》えた。

「はい」

「刑事課はどちら？　課長の矢上さんにお目にかかりたいんだけど」

そう続け、女は署員たちが行き交う廊下に目をやった。歳は五十代半ばだろうか。濃いめのメイクに、毛先を内巻きにしたセミロングの髪。丸首の白いスーツを着て、肘《ひじ》にかけたバッグはエルメスのバーキンだ。

「この奥ですけど、お約束ですか？」

「岡光の妻が来たって言ってちょうだい」

平然と返し、岡光という らしい女は胸の前で腕を組んだ。「質問の答えになってないんですけど」と突っ込みたくなった直央だったが、「お待ち下さい」と告げて歩き

だした。と、廊下の奥からスーツ姿の矢上慶太がばたばたと駆け寄って来た。岡光の前で足を止め、満面の笑みで会釈する。

「これは奥様。おはようございます。どうされました？」

「相談があるの。よろしいかしら？」

指先で肩に下ろした髪を整えながら、岡光は問い返した。矢上が細い首を縦に振る。

「もちろんです。どうぞ、あちらの応接室に」

そう告げて矢上が廊下の奥を指すと、岡光はヒールの音を響かせて歩きだした。後に続きながら、矢上は振り返って直央に命じた。

「お茶淹《い》れて、お茶。もらいもののいいやつね」

「はい」

呆気《あっけ》に取られながらも応え、直央も廊下を進んだ。刑事課の部屋に入り、刑事たちに挨拶をしながら自分の席に向かう。机の上にトートバッグを置き、隣の席の架川と、その隣の光輔にも挨拶した。

「おはようございます」

「おう。コーヒー買って来い」

大あくびをしながら、架川は命じた。ふんぞり返って椅子に座り、顔の前に広げたスポーツ新聞を読んでいる。ダークグレーに白いストライプのダブルスーツのジャケットを脱ぎ、臙脂色《えんじいろ》のネクタイを緩めていた。

「おはよう。寒くなってきたね」

ノートパソコンのキーボードを叩《たた》く手を止め、光輔も言う。こちらは爽《さわ》やかな笑顔で、ライトグレーの細身のシングルスーツを着ている。二人とも今朝は当番明けのはずだが、その姿は対照的だ。

「課長に言われて、お客様にお茶を出さなきゃいけないんですよ。コーヒーはその後でいいですか？」

直央の問いに架川は豪快に舌打ちし、問い返した。

「客？　朝っぱらから、どこのどいつだ」

「岡光の妻が来たって言ってちょうだい」

胸の前で腕を組んで声色も真似、直央は答えた。すると光輔は「ああ」と頷《うなず》き、架川は鼻を鳴らした。直央は問うた。

「お知り合いですか？」

「違うけど、有名人だから。駅前に『桜町センターホスピタル』って大きな病院があるでしょ？　あそこの院長の奥さんだよ。名前は初美《はつみ》さんだったかな。いわゆる地元の名士で、夫婦揃って福祉とか教育とかの地域活動に熱心なんだ。警察にも協力的で、桜町中央署《うちの》が始めた犯罪被害者支援プログラムに多額の寄付をしてくれてる」

壁に貼られた犯罪被害者支援プログラムのポスターを指し、光輔が説明する。納得し、直央は頷いた。

「なるほど。それで課長が愛想を振りまきまくってたんですね」

「なにが名士だ。どうせ人気取りだろ」

不機嫌そうに言い、架川は新聞に向き直った。その横顔を見て、光輔が返す。

「いいじゃないですか。目的はどうあれ、寄付や地域活動で救われる人がいるんですから」

「うるせえな。俺は疲れてるんだよ」

「見ればわかります。年齢的に、当番はキツいですよね」

淡々と光輔が返し、直央も言う。

「当番を免除されるには、署長か副署長にならないと……まあ、絶望的ですね」

「おいこら。言いたい放題言いやがって、お前らは」

新聞を放り出してわめき、架川が立ち上がろうとした矢先、

「ちょっと」

と声がした。直央たちが振り向くと、刑事課のドアから矢上が近づいて来る。慌てて、直央は言った。

「すみません。すぐにお茶を」

「それもそうなんだけど、応接室に来て」

「俺らも？」

自分と光輔を指し、架川が問う。大きく頷き、矢上は答えた。

「とくに架川くんに来て欲しい。岡光の奥様からの相談なんだけど、僕の手には余るんだ」

架川と光輔が顔を見合わせ、直央はその二人を見た。

4

給湯室でお茶を淹れ、直央は刑事課の部屋の隣にある応接室に向かった。片手で湯飲み茶碗《ぢゃわん》が載ったトレイを抱え、もう片方の手でドアをノックすると、中で矢上が「どうぞ」と応えた。

「失礼します」

そう告げてドアを開け、直央は応接室に入った。奥にブラインドが下ろされた窓があり、手前に黒い人工皮革のソファセットとローテーブルが置かれている。直央が奥のソファに座る岡光初美の前に茶托《ちゃたく》に載った湯飲み茶碗を置くと、手前のソファに腰かけた架川が言った。

「その事件なら知っています。被害に遭われたのは、息子さんだったんですか」

「ええ。大志といいます」

初美が答える。目は伏せているが、白いスーツの背中はぴんと伸びている。架川の隣で、光輔も言った。

「僕もニュースで見ました。三週間ほど前の夜、港区《みなと》のキャバクラで客の男性が男に銃撃された。男は逃走し、男性は病院に搬送されましたが、胸を撃たれて亡くなった……間違いありませんか？」

「はい」

初美が頷くと、光輔は「お気の毒です」と低く返した。あの事件か。私も何となくだけど覚えてる。トレイを抱えて光輔たちのソファの脇に立ち、直央は心の中で呟《つぶや》いた。再び、架川が言った。

「事件のあと間もなく、男は逮捕されています。暴力団神群会《しんぐん》系の組員だ」

「ええ。そういう風に聞いています」

初美は返し、片手に握った白いレースのハンカチを口元に当てた。神群会は東京・赤坂《あかさか》に本部を構える指定暴力団だ。準構成員を含め、約四千人が所属している。

と、蓮見の隣に座った矢上が「奥様。後は私が」と告げ、架川たちに向き直った。

「大志さんは、二十五歳。十代の頃から非行に走り、七年前に父親の圭三《けいぞう》さんに勘当されたそうだ。銃撃事件を捜査した六本木《ろっぽんぎ》署によると、大志さんはいわゆる半グレ集団のメンバーで、神群会とのいざこざに巻き込まれて銃撃されたらしい。そして数日前、奥様は『銃撃事件には裏がある』という噂を聞いたそうだ」

「誰から噂を聞いたんですか？」

すかさず、光輔が初美に訊《たず》ねる。噂の内容より、出所《でどころ》が大事なのね。直央が感心していると、初美はハンカチを下ろして言った。

「知り合いです。夫の仕事や地域活動を通して、大勢の方とお付き合いがあるので」

答えをはぐらかされ、光輔は納得がいかない様子で黙った。フォローするように、矢上も言う。

「奥様は、噂の真相を知りたいとお考えになり、旧知の桜町中央署《うちょう》を訪ねて来られた。と言う訳で、きみたちが奥様の力になって欲しい」

また、「という訳で」？　少し前にも同じ台詞《せりふ》でやっかいな事案を任されたのを思い出し、直央はげんなりする。光輔も戸惑い気味に返した。

「しかし、既にホシは逮捕されています。それに、これは六本木署、というより本庁の組対《そたい》の事案で」

「だからこそ、きみたちの出番なんだ……違うか？　架川くん」

威厳たっぷりに告げ、矢上は細い目で向かいのソファを見た。一瞬黙った架川だったが、眼差《まなざ》しを鋭くしてこう答えた。

「いえ、違いません。俺たちの事件《ヤマ》です」

「架川さん、なに言ってるんですか」

慌てて、光輔が隣を向いた。直央も小声で、「そうですよ。勝手に『俺たちのヤマ』って」と訴える。むっとして架川が振り返ろうとした矢先、初美が声を上げた。

「あらぁ。矢上さんが調べてくれるんじゃないの？」

「ええ。しかし監督はしますし、この架川は元マル暴で、暴力団犯罪の専門家です。加えて隣の蓮見は刑事課のエース、そっちの水木も期待の新人で――」

「あっそう」

矢上を遮り、初美はアイラインとマスカラ、アイシャドウで飾られた目で架川、光輔、直央をじろじろと見た。

「夫には『関わるな』と言われましたが、大志は岡光家の長男です。どんな亡くなり方をしたにせよ、真実を把握する義務があります。どうぞ、よろしくお願いします」

表情を引き締めて滑舌よく語り、初美は立ち上がった。直央は反射的に会釈し、光輔は「いや」と話しだそうとした。すると初美はぱっと顔を上げ、こう付け加えた。

「それと、くれぐれも内密に。とくにマスコミには気をつけて下さいね……じゃ、そういうことで」

言い終えるなり、初美はバーキンを肘《ひじ》にかけてドアに向かった。「はい。それはもう」と続こうとした矢上を光輔が、「課長」と呼び止める。振り返った矢上は眉根《まゆね》を寄せ、

「頼むよ。調べて何も出なけりゃ出ないでいいからさ。支援者あっての、犯罪被害者支援プログラムなんだ」

と普段の口調に戻って囁《ささや》いた。光輔が「それはわかりますけど」と答えると、矢上は顔を輝かせ、「よろしくね」と告げ、廊下に出た初美を追いかけて行った。その後ろ姿を直央が唖然《あぜん》と見送っていると、隣で光輔がやれやれといった様子でため息をついた。

「決まりだな」

力のこもった声で呟き、架川がソファから立ち上がった。

5

直央たち三人は応接室を出て桜町中央署を出発した。架川に言われるままにセダンを走らせること三十分、直央は訊ねた。

「六本木に行くなら、直進では?」

　ウィンカーを出して通りを左折し、ルームミラーを覗《のぞ》いた。そこに映った架川は後部座席の端にスラックスの脚を組んで座り、窓枠に頬杖《ほおづえ》を突いている。

「いいから、そのまま進め」

「岡光大志さんが撃たれたキャバクラに行くんじゃないんですか？」

「つべこべ言うな。指揮官は俺だ」

　鬱陶《うっとう》しそうに返され、直央は「ですね。失礼しました」と作り笑顔で答えて隣の光輔を窺《うかが》った。しかし光輔は、スマホの操作に夢中だ。大志が射殺された事件の情報を集めているのだろう。

　十分ほど走ると架川の指示があり、直央はセダンを停めた。地下鉄赤坂駅前の通りで、傍らにはオフィスや飲食店の入ったビルが建ち並んでいる。時刻は午前十時前だ。

「あそこだ」

　きょろきょろとしている直央に、架川が告げた。振り向くと、架川はフロントガラス越しに通りの斜め向かいを見ていた。前に向き直った直央の目に、古びた黒いビルが映る。十階建てで、五階と六階の窓だけに物々しい鉄の縦格子が取り付けられている。それを見て、直央の記憶が蘇《よみがえ》った。

「神群会の本部が入ってるビルですよね？　テレビで見たことあります」

「気づくのが遅い。デカなら、都内の主立った暴力団の事務所は覚えておけ」

「すみません。でも私はマル暴じゃないし——架川さん。まさか、本部に行くつもりじゃ」

「ボケ。そんな訳ねえだろ。いいから待ってろ。面白いもんが見られるぞ」

そう架川に言い放たれ、直央は「はあ」と返して隣を見た。くっきりした二重の大きな目を黒いビルに向け、光輔が言う。

「架川さんの言うとおりだよ。そろそろ時間だし」

訳がわからず、直央も黒いビルに視線を戻す。と、通りを走って来た銀色のワゴン車が黒いビルの前で停まった。開いたドアから降り立ったのは、シャツにジーンズ姿の若い男。腕には、マイク付きの大きなビデオカメラを抱えている。若い男は黒いビルの前に移動し、ワゴン車は走り去った。すると今度は白いワゴン車が停まり、男を降ろして走り去った。こちらの男は中年だが、腕にはマイク付きのビデオカメラを抱えている。中年男もビルの前に行き、若い男と挨拶《あいさつ》を交わした。

「マスコミのカメラマン？ ひょっとして、何か」

言いかけた直央だったが、架川に睨《にら》まれて口をつぐんだ。その後もワゴン車がやって来てはビデオカメラを抱えた男を降ろす、が繰り返され、五分ほどで黒いビルの前には十人ほどのカメラマンが集まった。カメラマンたちはそれぞれ黒いビルの前に陣取り、ビデオカメラを構えてレンズをビルの玄関に向けたり、スマホで誰かと話したりしている。

「来たぞ」

架川が言い、後ろからずいと身を乗り出した。光輔がフロントガラスの向こうに目をこらす気配があり、直央も倣った。

ビル前の歩道を向こうから、スーツ姿の男たちが歩いて来る。二列に分かれ、三十人ほどいるだろうか。歳や背の高さはまちまちだが全員がっちりした体つきで、スーツのジャケットの上に赤いベストを着ている。赤いベストは背中と胸に黒い線が入り、そこに白い文字で「POLICE　警視庁」と書かれていた。その出《い》で立ちと厳しい顔つきに通行人が脇に避《よ》け、カメラマンたちは一斉にビデオカメラのレンズを向けた。

「うわあ、ガサ入れだ。初めて見た」

興奮し、つい声を上げると架川は鼻を鳴らして笑い、光輔には「水木さん」と咎《とが》めるような目を向けられた。

「組対に捜査第一課《ソウイチ》、六本木署の刑事《デカ》もいるな——おっと。暴力団対策課課長の船津《ふなつ》成男《なるお》警視正直々《じきじき》のお出ましか」

熱っぽい、しかしどこか皮肉めいた口調で架川は言い、顎《あご》で行列の先頭を歩く男を指した。直央が目をこらすと、船津は歳は三十代後半、小柄で縁なしのメガネをかけている。行列は黒いビルの前に着き、先頭の四、五人がエントランスに入って足を止めた。出入口のドアの近くの壁に、オートロックのインターフォンがあるのだろう。

行列も止まり、エントランスから歩道に並ぶ捜査員にカメラマンたちが群がる。それを見つめたまま、直央は問うた。


「ガサ入れは、大志さんの事件絡みですよね？　ホシは神群会の構成員ですし」

「ああ。実行犯は三次団体の若中《わかちゅう》だが、襲撃を指示したとして兄貴分も三人、逮捕《パク》られた。その中に、神群会会長・三神竜司《みかみりゅうじ》の直参《じきさん》の組長・本宮忠男《もとみやただお》がいたんだ」

そう架川は教えてくれたが、直央には意味がよくわからない。と、光輔が解説してくれた。

「若中は暴力団用語で末端の構成員。直参は、組長や会長から直接盃《さかずき》をもらって構成員になった者。三次団体は長くなるので今度説明するけど、子会社みたいなものだね」

「なるほど」

やり取りしている間に、黒いビルのエントランスで動きがあった。カメラマンたちがエントランスの脇に集まり、押し合いへし合いしながら奥のドアを撮影している。たぶん五階と六階に入っている本部から神群会の構成員が降りて来たので、捜査員が裁判官が発付した家宅捜索令状、警察用語で言うガサ状を読み上げているのだろう。ガサ状を読み上げるのは捜索の指揮官の仕事であり、最大の見せ場でもあるので、行っているのは船津で間違いない。

構成員がガサ入れを拒否して揉《も》めるのか。ニュースやネットの動画でお馴染《なじ》みの怒鳴り合い、はたまたチェーンソーや電動ノコギリなどを使った強行突入が見られるのか。直央のテンションは上がったが、構成員はあっさり捜索を受け入れたらしく、捜査員たちは前に進みだした。あっという間に全員が黒いビルに入り、カメラマンたちは構えていたビデオカメラを下ろした。

なんだと心の中で呟《つぶや》いてがっかりした直後、直央ははたと気づいた。

「あのカメラマンたち、捜査員より先に集まってましたよね？　あらかじめガサ入れを知ってたってこと？　いいんですか？　ていうか、架川さんも知ってましたよね？」

矢継ぎ早に問いかけると、架川は後部座席に腰を戻して顎を上げ、

「蛇《じゃ》の道は蛇《へび》だ」

と自慢げに答えた。「何ですかそれ。呪文《じゅもん》？」とさらに問いかけた直央に、光輔が言う。

「マル暴のガサ入れには、六種類ある。まず、『ガチンコのガサ』。次に『確証のあるガサ』、続いて『情報収集用のガサ』に『体裁上のガサ』、『嫌がらせのガサ』。そして最後が、『情報が漏洩《ろうえい》しているガサ』。暴力団側に何月何日の何時にガサ入れすると情報提供者《エス》経由で伝えた上で、組事務所に向かう……ですよね？」

最後は後ろを振り向き、訊《たず》ねる。肩を揺らして笑い、架川は返した。

「よく覚えてるな。一年近く前に教えたことだぞ」

「忘れたくても忘れられませんよ。あの事件のあと、大変な目に」

直央を気にするようにそこで言葉を切り、光輔も笑う。胸に疎外感と苛立《いらだ》ちが湧くのを感じつつ、直央は話を元に戻した。

「じゃあ、今回のあれは『情報が漏洩しているガサ』ですか？」

「いや、ガチンコだ。だがマスコミに報《しら》せて報道させ、市民と他の暴力団の構成員たちに俺らは捜査に本気で取り組んでる、暴力団犯罪は絶対に許さないとアピールするんだ」

「勉強になりました。ありがとうございます」

会釈した直央だが、「俺ら」という言葉に、架川のマル暴デカへの愛着と未練を感じた。すると、架川はさらに語った。

「とはいえ組事務所の中は、見つかっちゃヤバいものは片付け済みだ。だが固定電話の通話履歴や名刺入れの中の名刺なんかから、思わぬ手がかりが見つかるんだ。それに最近は掲げてねえところも多いが、壁の名札や赤字・黒字の破門状《はもんじょう》の貼り紙なんかも見逃せねえ」

「破門状は、組からの追放の通告書。中でも赤字は、暴力団の世界そのものに二度と戻れないって意味らしいよ」

すかさず光輔が囁《ささや》いてくれたので、直央は「了解です」と頷《うなず》く。

「しかしガサ入れ最大の収穫は、構成員のツラを直接拝めることだ。善人も悪人もツラ、とくに目を見れば――講釈《こうしゃく》を垂れてる場合じゃねえ。車を出せ」

ふいに真顔に戻り、架川は命じた。直央は面食らったが「早くしろ！」と急《せ》かされ、慌ててセダンのエンジンをかけた。

6

架川の指示に従い、直央はセダンを裏道に移動させた。「停まれ」と言われたのは、黒いビルの裏側だ。くすんだビルの外壁にエアコンの室外機が取り付けられ、脇には鉄製の非常階段も見える。

「組事務所のガサ入れでは被疑者《マルヒ》が逃げたり、構成員が拳銃《チャカ》や麻薬《ヤク》を投げ捨てたりするのを防ぐために、裏口に見張りを立たせる」

架川に言われ、直央はフロントガラス越しに黒いビルを窺《うかが》った。確かに白いフェンスの向こうに、スーツに赤いベスト姿の捜査員が三、四人立っている。その奥には、黒いビルの裏口のドアが見えた。

「へえ。徹底してますね」

直央が感心すると、架川はスーツのジャケットから白いスマホを出し、操作して耳に当てた。呼び出し音が漏れ聞こえてきて、「はい」と誰かが電話に出た。

「お疲れさん。お前、ちょっと太ったんじゃねえのか。ガサ入れの首尾はどうだ？」

窓の外を覗《のぞ》き、架川は親しげに語りかけた。直央が視線を戻すと、捜査員の一人がスマホを耳に当て、周囲を見回している。

「何なんですか。今どこにいるんですか？」

他の捜査員に背中を向け、スマホを耳に当てた捜査員が問い返す。その姿を面白そうに見て、架川は続けた。

「ちょっとツラを貸せ。氷川《ひかわ》公園の脇で待ってる」

そして返事を待たずに電話を切り、直央に「行け」と命じてスマホをしまった。

裏道を三百メートルほど移動し、氷川公園の脇にセダンを停めた。ビルに囲まれた公園で、あまり広くないが噴水や遊具があり、親子連れが何組か遊んでいる。

十分ほどで、さっきの捜査員がやって来た。きょろきょろしながらセダンのドアを開け、架川の隣に乗り込む。振り向き、架川は言った。

「よう。上手《うま》いこと抜け出せたか？」

「時間ありませんよ。何の用ですか？」

　捜査員は甲高い声でそう問い返し、顔をしかめた。「悪い悪い」と、ちっとも悪くなさそうに架川が笑う。それから捜査員と直央たちを交互に見て、

「蓮見は覚えてるな？　こっちは新入りの水木……深山哲司《みやまてつじ》巡査部長。俺のマル暴時代の後輩だ」

　と紹介した。「ご無沙汰《ぶさた》してます」と振り返って光輔が会釈し、直央も「よろしくお願いします」と挨拶《あいさつ》する。深山は仕方なくといった様子で「どうも」と返礼した。歳は三十代前半。これといって特徴のない顔立ちだが目つきは鋭く、威圧感もある。

「船津さんが来たってことは、これを機に神群会に斬り込む気だな。奥多摩は神群会のシマで、機動隊の訓練施設跡地を再開発するとなりゃ、必ず一枚嚙《か》ませろと言ってくる。参画企業に天下った元お偉いさんの手前もあるし、是が非でも大人しくさせとかなきゃな」

　真顔に戻り、架川は告げた。無言でジャケットの裾《すそ》の乱れを直した深山だったが、警戒したのがわかる。直央は驚き、バックミラー越しに二人の顔を見つめた。

　なんでここで再開発計画が話題に出るの？　しかも神群会とセットで。ひょっとして、架川さんたちも──。そこまで考えて光輔の視線に気づき、直央は小さく咳払《せきばら》いをして横を向いた。と、後ろで深山が言った。

「何の話かわかりません。用がそれだけなら帰りますよ」

「いや。ここからが本題だ。訳あって、俺らも岡光大志のヤマを追ってる。そっちの邪魔はしねえから、ネタをくれ」

「はあ？　無理に決まってるでしょ」

声を裏返させ、深山が眉《まゆ》をひそめる。隣を向き、こう続けた。

「架川さん、自分の立場をわかってます？　こうやって会ってるだけでもヤバいんですよ。そもそも、『訳あって』って——いや、聞きたくない。関わり合いになるのは御免です」

「そう嫌うなよ。俺らの仲じゃねえか……お前、来年こそ警部補の昇任試験に受かりたいだろ？　試験ってのは筆記だけじゃなく、検挙や表彰の数も合否の判定材料になるんだぞ」

顔を背け「わかってますよ」と言い返した深山だが、その目は動揺している。深山の横顔を覗き、架川はさらに言った。

「こっちで仕入れたネタはそっちにも流す。ちゃんと点数稼ぎさせてやるから、安心しろ。で、大志が所属していた半グレ集団だが、港区がシマってことは『フィスト』、あるいは『03』か？」

しばらく黙り込んだ後、深山は「……フィストです」と答えた。すかさず、架川はさらに訊ねた。

「なら、主要メンバーは三十人ってところだな。シノギは飲食店やエステサロン経営に芸能プロダクション、IT系の広告代理店。神群会との争い《ゴタ》もそれが原因か？」

「いえ。神群会はみかじめ料として月三十万円ほどを納めさせることで、フィストの活動を黙認しています」

「天下の神群会が、三十万で黙るのか。最近じゃ、やくざ者も生き残りに必死だからな。半グレを潰《つぶ》したり締め付けたりするより、上納金で定収入を得る道を選んだんだろう」

架川の言葉に深山は「ええ」と頷き、こう続けた。

「しかし、神群会には新たなシノギを始めたという噂もあるんですよ。それが何かはわからないんですが」

ふん、と架川が鼻を鳴らし、今度は光輔が訊ねた。

「フィストと神群会は共存していたということですか？　ではなぜ、大志は射殺されたんでしょうか」

「大志はフィストから資金提供を受け、去年の春『GO－WAN』という格闘技団体を立ち上げました。神群会はそこに目を付けて『商売に一枚噛ませろ』と迫ってたようです」

「ざまあねえな。だが、それなら襲撃の筋が通るし、直参の組長が関わってたのも納得だ」

「GO－WANというのは、どんな団体なんですか？」

「格闘技といってもプロじゃなくアマチュア、地下格闘技ってやつですよ。最近、一部の若者の間で盛り上がっているようです」

「へぇ」

そう呟《つぶや》き、光輔は前に向き直った。

7

深山がセダンを降り、直央たちは桜町中央署に戻った。三階に上がり、奥の会議室に向かう。他の刑事の目があるので、ここを大志の事件の捜査拠点にするよう矢上に言われている。広い部屋には長机と椅子がずらりと並び、奥にホワイトボードが置かれている。直央と光輔は最前列の机にバッグを下ろし、架川は数列後ろの席に着いて言った。

「手始めに、GO－WANを調べるか」

「もう調べてます」

そう返し、光輔はバッグからノートパソコンを出して椅子に座った。直央も隣の席に着く。ここに戻る車中でスマホで下調べをしたらしく、光輔はノートパソコンを素早く操作して後ろに告げた。

「出ましたよ」

その声に架川が立ち上がり、直央はノートパソコンの液晶ディスプレイを覗いた。黒地に灰色でトライバルのタトゥーの模様が描かれ、その上に「GO-WAN」という赤い文字が並んでいる。公式サイトらしく、画面の上には「MEMBER」「EVENT」「ENTRY」といったボタンがある。

光輔はノートパソコンのタッチパッドに指を走らせ、「MEMBER」のボタンをタップした。画面が切り替わり、顔写真がずらりと並ぶ。しかし所属選手らしき男は一人だけで、他は茶色の巻き髪に派手な化粧の若い女だ。

「『専属ラウンドガール』って書いてありますけど、キャバクラ嬢みたいですね」

直央がコメントすると、光輔の隣に来て液晶ディスプレイを覗いた架川が言った。

「実際にキャバクラ嬢だろう。フィストが経営する店の女たちが兼任してるんだ」

「ははあ。でも、団体を名乗りながら所属選手が一人ってどうなんでしょう」

「地下格闘技は、誰でも参加できるっていうのが売りなんだ。参加者が試合をすれば運営側は選手を大勢抱えたり、ジムを構えたりする必要はない。このサイトには運営の連絡先が載ってるけど、普通のマンションだよ」

淡々と説明し、光輔は再び画面を切り替えた。「ＥＮＴＲＹ」のページで入力フォームがあり、氏名、生年月日、連絡先などの他に身長と体重、所属団体の有無といった項目もあった。ここに入力して送信すると、次回開催される試合にエントリーされる仕組みのようだ。その下には試合のチケットの予約フォームもあり、希望枚数と席の種類、氏名、メールアドレスを入力するようになっている。電子チケットなのかと思い、直央は何気なく席種の料金を見た。とたんに、

「ＶＩＰ席が三万円⁉」

と声を上げてしまう。身を乗り出してさらに見ると、スペシャルリングサイド席は一万円、普通のリングサイド席でも七千円する。

「プロの試合でもないのに、高すぎませんか？」

「アマチュアとは言え、興行だ。ハッタリが必要なんだよ」

光輔の隣に移動して来た架川が言った。身をかがめてタッチパッドに手を伸ばし、画面を「ＭＥＭＢＥＲ」に戻す。ポインターを所属選手の男に合わせ、タップした。三度《みたび》画面が切り替わり、表示されたのはこちらを睨《にら》んでファイティングポーズを取る上半身裸の男。歳ははたちそこそこで、筋骨隆々。傍らには「勝機《しょうき》」というリングネームと身長体重、戦績が記されていた。ここ半年ほどの試合は全勝で、他団体との交

流戦でも優勝している。

「そうなんですね」と相づちを打った直央だったが、同時に数時間前の記憶が蘇《よみがえ》る。

「あの、さっきの深山さんとの話なんですけど。架川さんは、奥多摩の土地の計画がどうのって」

緊張しながら切り出し、架川と光輔が振り向いた直後、後ろでノックの音がして会議室のドアが開いた。ひょいと顔を覗《のぞ》かせたのは、矢上。

「お疲れ。お昼ご飯、まだでしょ。買って来たよ」

そう言って手に提げたコンビニのレジ袋を掲げ、室内に入って来た。「ありがとうございます」と光輔が笑顔で立ち上がり、架川も、「ありがたい。腹ぺこでした」と応《こた》える。直央は通路を歩み寄って来た矢上から、レジ袋を受け取った。中身はおにぎりとペットボトルの緑茶だ。

「それで、大志くんの件は？」

矢上が問い、光輔は答えた。

「組対が神群会本部をガサ入れするという情報を得たので赤坂に行き、架川さんのマル暴時代の後輩から話を聞きました。大志くんはフィストという半グレ集団のメンバーで、地下格闘技団体の運営を任されていました。神群会はその団体に、興行に一枚嚙ませろと迫っていたようですね」

「ははあ。フィストってどんな集団だっけ？」

するとと架川が光輔に「貸せ」と言い、ノートパソコンを自分の前に移動させて操作した。

「どうぞ」

架川が告げ、ノートパソコンを矢上に向ける。矢上が液晶ディスプレイを覗き込み、光輔と直央も立ち上がって脇から覗いた。

白い画面の中央に黒くかすれたようなデザインの文字で、「FIST CO. LTD. 株式会社フィスト」と書かれ、下には「タレント・モデルエージェント」とある。架川が上部の「所属タレント」というバーをクリックすると、画面にビルの夜景をバックにポーズを取る男の写真が表示された。隣には、GO－WANの専属ラウンドガールの女たちの顔写真も並んだ。

「永瀬《ながせ》良友《よしとも》、二十九歳。フィストのリーダーで、ここは永瀬が経営する芸能プロダクションのサイトです」

男を指し、架川は告げた。永瀬は茶髪のソフトモヒカンに、白いポロシャツと黒いパンツ姿。引き締まった体つきで、顔立ちもそこそこ整っている。しかし首や手に装着したごついアクセサリーと、こちらを見据える眼差《まなざ》しには威圧感がむんむんと漂う。

「どヤンキーじゃないですか」

直央が顔をしかめると架川は頷《うなず》き、

「ああ。永瀬は元暴走族で、少年刑務所に服役経験もある」

と返した。直央はさらに顔をしかめ、矢上は永瀬の写真に添えられたプロフィールを指して訊《たず》ねた。

「でもこの人、雑誌のモデルをやってるよ。やくざものばっかりだけど、映画にも出てる。暴力団も芸能プロダクションをシノギにしてるところはあるけど、組長がタレント活動をするなんてあり得ないでしょ。そもそも、チームの名前を社名にするなんて……うわ。『FIST』のロゴ入りグッズの通販までしてる」

「そこが暴力団と半グレの違いですよ。連中の大半は半グレを職業にしておらず、飲食や芸能といった正業を持ってる。だから事務所を構える必要はなく、組織やメンバーも流動的だ。それに暴力団の構成員じゃねえから、暴対法《ぼうたいほう》や暴排《ぼうはい》条例の対象にもならねえ」

表情を厳しくして架川は語り、矢上も眉間《みけん》にシワを寄せてうんうんと頷いた。暴対法は暴力団対策法の略で、暴力団組員による不当な行為の防止等に関する法律。暴排条例は暴力団排除条例の略で、一般市民が暴力団との関わりを持つことを規制する条例だ。

「そうなんだよね。だから半グレは堂々と銀行口座を開けるし、金融機関の融資も受けられる。二〇一三年に警察庁から半グレを『準暴力団』と位置づけて情報収集と取り締まりを強化するって通達が出されたけど、連中は実態把握が難しいから」

「ええ。フィストにしたって、表向きはカタギの会社だから堂々とグループ名を名乗れるし、グッズを売ろうがリーダーが芸能活動をしようが問題ねえ。とくにフィストはシノギが上手《うま》くて、見込みのありそうなやつに出資し、バンバン商売をさせています」

「ふうん。じゃあ、GO－WANも永瀬の出資先の一つ？　でも、儲《もう》かってるのかなあ」

直央が疑問を呈すると、光輔が口を開いた。

「じゃあ、確かめに行こう。ちょうど明日《あした》の土曜日に試合がある」

「明日？　私、久々の休みなんですけど。非公式の捜査じゃ休日勤務手当も出ないだろうし、行くなら蓮見さんと架川さんだけで」

「アホぬかせ。『架川班はコンビではなく、トリオということで』と宣言したのは、どこのどいつだ」

架川にすごまれ、直央は仕方なく「でしたね～」と返した。

「任せるけど、くれぐれも内密に。組対と六本木署の邪魔をするのも厳禁……そうそう。さっき岡光の奥様から、大志くんの写真を借りたんだよ。勘当になる前の、十代の頃みたいだけど」

後半はいつもの口調になって告げ、矢上は写真を一枚差し出した。架川が受け取り、直央と光輔が覗く。写っていたのは、丸い顔の鼻と口の下に一筋ヒゲを生やした目つきの鋭い男。

これで十代？　まず突っ込んだ後、直央は大志のベタなヤンキーぶりにため息をついた。直央は大のヤンキー嫌いだ。きっかけは演劇部員だった中学・高校時代、同じ学校のヤンキーたちに「演劇とかダサくね？」とバカにされ、文化祭での公演中にヤジを飛ばされたこと。架川には「デカに私情と思い込みは厳禁」と咎《とが》められたが、嫌いなものは嫌いなので仕方がない。

8

翌日は晴天で、気温もちょうどよかった。直央は待ち合わせの午前九時の十分前に、桜町中央署の駐車場に着いた。刑事課のセダンの前には既に光輔がいたので、歩み寄って声をかけた。

「おはようございます」

「おはよう」

振り向き、光輔が応《こた》える。今日も洒落《しゃれ》たスーツ姿で、笑顔も爽《さわ》やかだ。二人で今日の段取りを相談し終えると、光輔は言った。

「よかった。水木さんが元気そうで」

「えっ？」

「昨日赤坂に行ったあと、様子がおかしかったから。会議室で話してる時に、何か訊《き》こうとしてたよね。あれは？」

にこやかに光輔は続け、直央はその顔を見返した。

昨日からずっと、直央は奥多摩の土地の計画を巡る架川の発言について考え続けている。訊きたかったことを訊くチャンスかと思う一方、光輔の思惑がわからずためらいも覚える。迷った後、直央は答えた。

「いえ、何でもありません。考えていたのは、GO－WANのことです。ネットでチケットを買ったら、試合の会場と開始時間が送られて来ました。その住所を調べたんですけど、よくわからないんですよ。地下格闘技っていうぐらいだから、怪しいビルの地下とかなんでしょうか。薄暗い部屋の真ん中にリングがあって、オラオラな男とイケイケな女がお酒や煙草を片手に観戦、みたいな」

言葉に合わせて表情を変え、身振り手振りも交えて捲《まく》し立てる。すると、

「お前はアホか」

とぶっきら棒な声がして、架川が姿を現した。こちらも安定のダブルスーツ姿、色は黒だ。振り向き、直央は問うた。

「違うんですか?」

「いいから、さっさと車を出せ」

架川が顎《あご》でセダンを指し、光輔は「おはようございます。では、行きましょう」とセダンの助手席に歩み寄る。直央はキーを出してセダンのドアを解錠した。

高速道路も使い、一時間ほどで試合会場の東京都西東京《にしとうきょう》市に着いた。都心のベッドタウンで、幹線道路沿いには広い駐車場を備えた大型のスーパーや家電量販店、ホームセンターなどが並び、畑や雑木林もある。

カーナビを見て光輔に助言もしてもらい会場を探したが、見つからなかった。パトカーなどの警察車両にはカーロケーションシステム、通称・カーロケという装置が搭載されている。GPS衛星を利用し、道案内の機能はもちろん、他のカーロケ搭載車両の位置がリアルタイムでわかり、事件発生時には捜査本部から送信された現場の地図や資料の写真・映像などを確認できる。しかし緊急性のない捜査や、相手に警察車両だと気づかれたくない場合には、カーロケが搭載されていない車が使われる。これは通称・下駄車《げたしゃ》といって古い警察車両が使われ、このセダンのようにカーナビも簡易なものしか付いていない。

三十分以上うろうろしているうちに、セダンは大通りを外れ、畑の中の狭い通りに入った。文句を言う架川を光輔がなだめ、直央は必死に目的地を探す。と、ようやくそれらしき建物が現れた。

「ありました!」

ほっとして報告すると、光輔と架川が前方に目を向けた。コンクリート打ちっぱなしの外壁と、正方形で等間隔に並んだ窓がモダンな大きな建物。しかし屋根はかまぼこ形で、赤い鉄板が張られている。

「あれ、普通の体育館ですよね? すみません。間違えました」

「いや、間違いじゃないよ。あそこが試合の会場だ」

光輔に告げられ、直央は「えっ?」と驚く。が、架川に「さっさと行け」と急《せ》かされ、通りを進み体育館の敷地に入った。

手前の駐車場に入ると、たくさんの車が停まっていた。軽自動車に2ドアのスポーツカー、高級ワンボックスカーと様々だが、ほとんどが改造車で、車高は低くタイヤは太い。そして車の周りでは両手にグローブをはめた男がシャドーボクシングをしたり、キックの練習をしたりしていて、それを男女が見守っている。みんな若く、茶髪または金髪に派手なジャージ姿。首や腕にタトゥーを入れている者もいた。

「出た。ヤンキー……まあ、予想は付いてたけど」

うんざりして呟《つぶや》き、直央は駐車スペースにセダンを停めた。光輔、架川とともに降車し、駐車場を出る。通路を進み、敷地の中央にある体育館に向かった。体育館の玄関のドアにはGO－WANのポスターが貼られ、大勢の人が入って行く。直央たちも靴を脱いで体育館に入り、廊下を進んだ。

試合会場は奥のサブアリーナで、傍らには小さな体育室がある。室内では年配の男女が社交ダンスの練習中で、廊下を歩くヤンキーたちとのギャップがすごい。

「水木さん。なんかいろいろ、顔に出てるよ。これも職務だから」

隣を歩く光輔に咎められ、「すみません」と返した直央だったが、正直もう帰りたい。

突き当たりにサブアリーナの開け放たれたドアがあり、脇に長机が置かれていた。長机の向こうには揃いのジャンパーを着たスタッフの男女がいて、直央は歩み寄ってスマホの画面に表示させた電子チケットを見せた。ついでに机上を見ると、GO－WANのロゴ入りタオルやTシャツなどが販売されていて、人だかりができていた。

架川を先頭にサブアリーナに入った。中央に一辺が六メートルほどの六角形のリングが設《しつら》えられ、高さ二メートルほどの黒い金網フェンスで囲まれている。その周りにはVIP席とスペシャルリングサイド席と思《おぼ》しき椅子が前後二列で並べられ、少し距離を空けてリングサイド席の椅子がずらりと並べられている。しかし、どちらもこの体育館の備品らしき折りたたみ式のパイプ椅子だ。驚いた直央だったが、VIP席にもスペシャルリングサイド席にも、ぽつぽつと人が座っている。さらにドアからは続々と観客が入場していて、直央たちが座っているリングサイド席も既に半分埋まっていた。

いや、でも、サクラが交じってるのかもしれないし。そう思い、直央が場内を見回していると隣で架川が言った。

「こういう場所を転々としてりゃ、金はかからねえからな。腕試しをしたい若いやつはどこにでもいるから、人集めにも苦労しねえ」

「はあ。でも、ちょっとしょぼいっていうか想像と違いました」

「半グレは徹底した実利主義だ。縦より横の繋《つな》がりを重視し、義理や面子《メンツ》、盃《さかずき》なんてものとは無縁。シノギや犯罪ごとにメンバーが増えたり減ったりするのも珍しくねえ。とにかくドライでずる賢く、やくざ者でさえ実態が摑《つか》めねえ」

「ドライでずる賢いのは、トップの数人でしょう。メンバーの大半がいいように使われてるはずだ。大志がどちら側だったのかが、この事件のカギかもしれませんよ」

前を向き、静かにそう告げたのは光輔だ。「かもな」と架川が返し、直央も頷《うなず》いた。

と、場内に大音量のラップミュージックが流れ、照明がリングを照らした。リングの一辺につながる花道を、若い男が歩いて来る。スーツ姿で手にマイクを持っているので、リングアナウンサーだろう。スタッフが金網フェンスを開け、リングアナウンサーはリングに上がった。ラップミュージックが小さくなり、リングアナウンサーはマイクを構えた。

「ようこそ、GO-WANへ！　今日、みなさんは伝説の目撃者になります」

お約束の台詞《せりふ》のようだが、客席からは拍手が起きた。気づけば、パイプ椅子は八割ほどが埋まっている。リングアナウンサーは続けた。

「試合開始にあたり、ルール説明をさせていただきます。GO-WANは小細工なしの殴り合い。蹴《け》りあり、肘《ひじ》打ちあり、パチキ、鉄槌《てっつい》打ちもOKなほぼタイマンです。準決勝まではワンラウンド二分、延長一分。再延長はなく、体重判定となります」

直央には意味不明の言葉もあったが、リングアナウンサーの滑舌とテンポのいい口調に観客たちのテンションが上がったのがわかった。架川と光輔は無言でリングを見ている。

リングアナウンサーがリングを降りると、場内は暗くなった。続いて、

「第一試合、強一《きょういち》対マッド西東京。マッド西東京選手の入場です！」

とリングアナウンサーの声が響き、さっきとは違うラップミュージックが流れた。スポットライトが照らす花道に現れたのは数人の若い男で、体の前に黒字に白で「喧《けん》嘩《か》上等」と書かれた大きな旗を掲げている。後に続く上半身裸で黒いトランクスを穿《は》

いた男がマッド西東京らしいが、どう見ても十代。へらへらと笑い、観客席からかけられる声援に手を上げて応《こた》えている。

マッド西東京がリングに上がり、続いて強一の名前が呼ばれた。入場曲はまたもやラップミュージックだったが、花道に現れたのは二十歳《はたち》ぐらいの男一人だ。

リングに黒いTシャツとパンツ姿の、レフェリーの中年男が現れた。左右のコーナーに立つ両選手に順に歩み寄り、何か語りかけたり、軽く手やトランクスに触れたりする。マッド西東京は背が高く腕も長いが痩《や》せていて、リングネームからしても、地元のケンカ番長といったところか。対して強一は中背ながら全身にしっかり筋肉が付き、たぶん格闘技経験者だ。二人とも口にマウスピース、両手にグローブを装着しているが、グローブは手袋のような作りで、指先が露出している。

リングに白いビキニ姿のラウンドガールが上がり、「ROUND1」の文字とスポンサーらしき建設会社の名前が書かれたボードを掲げた。ラウンドガールがリングを下り、レフェリーがリングの中央に立って両選手も進み出た。と、マッド西東京は首を突き出し、顔面を強一の顔に近づけた。挑発のパフォーマンスらしいが、相手を睨《にら》みつつ顎《あご》を小刻みに前後させる様に直央はげんなりし、強一を応援しようと決めた。

「ファイト！」

レフェリーが後ろに下がりながら片腕を突き出し、ゴングが鳴った。

両選手はグローブの先を合わせて挨拶《あいさつ》し、強一はファイティングポーズを取った。マッド西東京も倣うかと思いきや、いきなりパンチを繰り出した。ボクシングのそれではなく、頭の脇に振り上げた拳《こぶし》をまっすぐに突き出す、ケンカの殴り方だ。左頰を打たれ、強一が動きを止める。とたんに客席の後方で、

「殺せ！」

と女が叫んだ。直央はぎょっとして振り向いたが、続いて「やっちまえ！」「倒せ！」という男の声も上がる。強一は身構え直したがマッド西東京はその腰に片腕を回し、もう片方の腕でボディを打った。強一は背中を丸めて金網フェンスの前に追い込まれ、そこにレフェリーが割って入った。両選手はリングの中央に戻り、身構える。そのままマッド西東京優勢で試合は進み、第一ラウンドは終了した。

一分間の休憩に入ると、架川がスラックスの脚を組んで言った。

「おもしれぇじゃねえか。この勝負、マッド西東京が勝つと見た」

「あんなの、ただのケンカじゃないですか。私は強一推《お》しです」

「なら、昼飯を賭《か》けるか？」

「いいですよ……じゃなくて、警察官が賭博《とばく》をしちゃまずいでしょ」

「いや。刑法には『賭博をした者は、五十万円以下の罰金又は科料に処する。ただし、一時の娯楽に供する物を賭けたにとどまるときは、この限りでない』とある。その場

で消費される食事は、一時の娯楽にあたるはずだよ。と言う訳で、僕も強一に賭けます」

そう光輔が告げたところで、一分間の休憩が終わった。ラウンドガールが「ROUND2」のボードを掲げ、レフェリーと両選手がリング中央に進み出る。

「ファイト！」

三度レフェリーの声が響く。が、慎重になっているのか、両選手ともファイティングポーズを取ったまま動かない。

「殴り合えよ！」

「びびってんじゃねえ！」

怒声が上がり、それに押されたように強一が動いた。左足を軸にくるりと一回転し、右足を上げてマッド西東京の胸を蹴った。場内がどよめき、マッド西東京はその場に仰向《あおむ》けに倒れた。

「よし！」

これでこそ格闘技。直央はテンションを上げ、架川が顔をしかめる。駆け寄ったレフェリーがカウントを取り始めたが、マッド西東京は首を横に振って立ち上がった。

試合は再開されたものの、マッド西東京は背中を丸めたまま。そこに強一が近づき、とどめを刺そうと身構えた。するとと次の瞬間、マッド西東京は体を起こして右腕を上げ、最初と同じパンチを繰り出した。赤いグローブが強一の顎を直撃し、直央の耳にどすっ、と重く乾いた音が届いた。強一が仰向けでリングに倒れ、観客たちは大きくどよめく。架川が「よっしゃ！」と声を上げ、直央も「うそ！」と言って身を乗り出す。

大の字になった強一はそのまま動かず、レフェリーはテンカウントを数え終えた。ゴングの音が響き、マッド西東京が両拳を突き上げる。唖然《あぜん》とする直央に架川が言った。

「出《で》がどこだろうが、腕っ節の強いやつが勝ち、上にいく。その単純さが地下格闘技の魅力だ」

「はあ」

直央はそう返すのがやっとだ。気がつけば光輔は、スマホでリングやスタッフ、観客席の写真を撮っていた。

そのまま第二、第三と試合を見ていくうちに、様子がわかってきた。意味不明だったパチキは頭突き、鉄槌打ちは拳を握った手の小指側を使った攻撃を指すらしい。またGO－WANでは、急所・眼球・喉《のど》・後頭部と頸椎《けいつい》への攻撃と、相手に噛《か》み付く行為は禁止。さらに体重判定といって、試合で勝敗が付かず両選手の体重差が十キロ以上あった場合、より体重が軽い選手の勝利となる。そして意外だったのが、テクニックやパワーよりスタミナがものを言うこと。

出場選手約二十名の大半は素人で、二分間を二回、全力で闘うのはかなりキツいらしい。試合中に息が上がり、動けなくなってしまう選手も多かった。さらに、「殺せ」「死ね」といったヤジの過激さも地下格闘技の特徴の一つのようだ。

勝機がリングに現れたのは、午前十時半から始まった試合が二時間を過ぎた時だった。前回の試合の優勝者にはシード権があり、闘うのは決勝戦だけだ。入場曲はまたもやラップミュージックだったが、勝機のために作られたオリジナルだという。さらに穿いているトランクスには、スポンサー企業の名前が縫い付けられていた。

「ただいまより、決勝戦を開始します」

重々しい声でリングアナウンサーが告げ、照明が点滅する中、両選手がリング中央に進み出た。勝機はGO－WANのサイトで見た写真より小柄な印象だが、割れて厚みのある胸筋と腹筋は鎧《よろい》のようだ。対する挑戦者は、ゼウス小林《こばやし》。どう見ても三十過ぎで、体はたるみ、腹がぽっこりと出ている。しかし胸から背中、両腕にびっしりと刺青《いれずみ》を入れていて、タトゥーではなく、桜吹雪や般若《はんにゃ》などの和彫《わぼ》りだ。格闘スタイルはひたすら殴る、蹴《け》るでパワーもスピードもそれほどには見えないのだが、対戦相手を怒鳴ったり威嚇するようなポーズを取ったりする。その迫力が尋常ではなく、これまでの三試合は相手が萎縮《いしゅく》しているうちにダウンさせるか、ポイントを取るかして勝っていた。直央は「あの人、やくざなんじゃ」と戸惑ったが、架川によると「イキがり方がチンピラで、組の構成員じゃねえ」そうだ。

場内の興奮が高まる中、ゴングが鳴った。グローブで挨拶を交わし、勝機はファイティングポーズを取った。ところがゼウス小林はくるりと後ろを向いて金網フェンスに歩み寄り、片手で自分の胸を叩《たた》いて何かわめいた。煽《あお》りのパフォーマンスらしいが、観客からはブーイングの声が上がる。

攻撃するかと、直央は勝機に目を向けた。が、勝機は平然とファイティングポーズを取り続けている。正々堂々と闘いたいんだなと直央が思った矢先、レフェリーに注意され、ゼウス小林はリング中央に戻った。しかし試合が再開したとたん、今度は勝機に向かってわめきだした。すると勝機は身構えたまま、数メートル後ろに下がった。

「試合しろ！」

そうヤジが飛び、ゼウス小林も体を起こして怒鳴る。その直後、勝機が駆けだした。ゼウス小林の前で立ち止まり、体をのけぞらせるようにしながらジャンプする。そのまま空中で右脚を曲げ、右膝《みぎひざ》でゼウス小林の顎を打つ。めきっ、と軋《きし》むような音が響き、ゼウス小林は仰向けに倒れた。着地した勝機はリングの奥に進み、レフェリーがゼウス小林に駆け寄る。観客たちはどよめき、大きく沸いた。

ゼウス小林の顔を覗《のぞ》いたレフェリーは両腕で×印を作り、左右に大きく振った。ゴングが連打され、リングアナウンサーが叫ぶ。

「試合終了。勝機選手の優勝です！」

とたんにあちこちで観客が立ち上がり、叫んだり拳を突き上げたりした。場内は興奮に包まれ、直央も肌が軽く粟立《あわだ》つのを感じた。

「すげえな。膝蹴りで一発ＫＯか」

楽しげに架川が言い、直央も「秒殺ですね。さすがはチャンピオン」と頷《うなず》く。一方光輔は立ち上がり、スマホでリングの写真を撮っている。リングではセコンドの男たちが勝機に駆け寄り、声をかけたり肩を叩いたりして勝利を称《たた》えている。ゼウス小林もセコンドに囲まれていて、鼻血は出ているが意識はあるようだ。

と、勝機が金網フェンスの前に進み出た。片腕を上げてガッツポーズを作ると、観客席が沸いた。勝機が笑い、やや大きめの口から白い歯が覗いた。

9

試合終了後、光輔がスタッフに警察手帳を見せ、用件を告げた。客席で待つこと二十分。他の観客がいなくなった頃、スタッフ数名と勝機がやって来た。

「大志さんの事件なら、他の刑事さんに話しましたけど」

パイプ椅子の脇に立ち、スタッフの一人が困惑気味に言った。若い男で、格闘技経験者なのか大柄でがっちりしている。直央たちは立ち上がり、光輔が返した。

「確認のため、ご協力下さい。試合を拝見しましたが楽しかったです」

「余計な演出がねえのがいい。リアリティがあって、臨場感もすごかったぞ」

架川も加わって称賛すると、スタッフたちの表情が緩む。光輔は質問を始めた。

「試合の演出を考えたのは、岡光さん？　彼がGO－WANの代表だったんですよね」

「ええ。団体の立ち上げから演出、興行の仕切りやお金の管理まで全部大志さんがやっていました。人気も出てきたし、プロの団体になろうってはりきってたんですよ」

大柄の男が息をつき、他のスタッフも顔を曇らせた。場内では十名ほどのスタッフが、リングを解体したりパイプ椅子を片付けたりしている。「そうですか」と眉根《まゆね》を寄せ、光輔はさらに問うた。

「犯人が逮捕されたのはご存じですね？　事件の前、神群会の組員が訪ねて来たり、岡光さんと話すのを見たりしませんでしたか？」

「組員の男が何度か試合会場に来て、大志さんと話していました。興行に噛ませろって脅されてたみたいですけど、大志さんは、『やつらをGO－WANに近づけさせない』と断言してくれたんですよ」

腹立たしげに大柄な男が答え、「そうですか」と光輔が頷く。深山に聞いた通りだなと直央が思っていると、光輔は話を変えた。

「事件が起きた時、現場にいたのは？」

「僕と勝機です。あとは大志さんの友だちとか、スポンサーの人とか」

大柄な男は言い、スタッフたちの端に立つ勝機を指した。首を回すと勝機と視線が合ったので、直央は言った。

「優勝おめでとうございます。すごくカッコよかったです」

すると勝機は「ありがとうございます」と返し、照れ臭そうに会釈した。試合中とは別人のようだ。「よかったな」とスタッフたちにからかわれ、さらに照れ臭そうに俯《うつむ》いた勝機だったが意を決したように顔を上げ、直央を見た。

「今の俺があるのは、大志さんのお陰なんです。飲み屋の用心棒をしてたんですけど、『お前はもっと強くなる』って言って、自腹で格闘技のジムに通わせてくれました」

「そうだったんですか」

「試合で勝てなくて悩んでる時も、『俺はお前に賭《か》けてる。キツくてもここがお前の居場所だ。一緒にてっぺん目指して、いい景色見よう』って励ましてくれました。なのに」

言葉に詰まり、勝機はまた俯いた。丸い目はみるみる潤み、隣のスタッフがその逞《たくま》しい肩を叩く。声をかけたいと思った直央だが、上手《うま》い言葉が見つからない。すると、架川が口を開いた。

「めそめそしてる場合じゃねえぞ。神群会はもう手を出して来ねえだろうが、興行の世界に身を置く限り、似たようなことは起きる。ここが居場所なら、みんなで守れ。だがもし、もう無理だと思ったら……俺に言え」

最後のワンフレーズは低く強い声で告げ、名刺を差し出す。それを驚いた様子で受け取った勝機だったが架川を見返し、「はい」と太い首を縦に振った。

その後も、事件発生時の様子や生前の大志について話を聞いた。が、マスコミの報道と組対の深山から得た情報以上のものはなく、直央たちは勝機とスタッフに礼を言って体育館を出た。駐車場に向かって通路を歩きながら、直央は言った。

「大志は本気でGO－WANの仕事に取り組んでいたんですね」

「ああ。やつにとっても、やっと見つけた居場所だったんだろう」

前を向いたまま架川が告げ、直央は頷く。ヤンキーは大嫌いだが、試合を見て勝機の話を聞いたら、大志に対する気持ちが変わった。初美はプライドが高く世間体ばかり気にしているようだし、大志は息が詰まるような思いをしていたのかもしれない。

「しかし、初美さんが言ってた裏ってのは何だ？　許せねえ事件だが、暴力団が半グレのシノギに乗っかろうとするのは、珍しいことじゃねえ」

「確かに。神群会の関係者を突《つっ》けば何か出てきそうですが、組対の手前下手に動けないからなあ」

光輔も言い、思い悩むように首を傾けた。すると架川は返した。

「なら、大志の兄貴分のツラを拝みに行くか」

「大志の兄貴分？」

誰のことかわからず直央は訊《たず》ねたが、架川は無言で前方を見据え、ジャケットのポケットからレンズが薄い黄色のサングラスを出してかけた。

10

上の階から下りてきたエレベーターが四十五階に到着し、ドアが開いた。カゴから降りて来たのは身なりのいい男女で、外国人も数人いた。入れ替わりで直央と光輔、架川がカゴに乗り込み、直央は目指す階の数字のボタンを押した。するするとドアは閉まり、壁がガラス張りのエレベーターは上昇を始めた。ここは六本木にある高層ビルの複合施設で、四十五階から上には外資系の高級ホテルが入っており、専用のエレベーターに乗り換えなくてはならない。

エレベーターは、あっという間に最上階の五十三階に着いた。ドアが開き、直央たちはオフホワイトの絨毯《じゅうたん》が敷かれたエレベーターホールに出て、廊下を進んだ。この階にあるのはスイートルームだけで、廊下の左右にドアは一つずつしかなく、静かで人気もない。

ドアの一つの前で立ち止まると、架川が言った。

「舐《な》められんなよ」

「はい」

肩にかけたトートバッグのショルダーをぎゅっと摑《つか》み、直央は頷いた。光輔がドア脇のチャイムのボタンを押す。

大志の兄貴分とは、フィストのリーダー・永瀬良友のことだった。架川の調べによると永瀬はホテル暮らしで、週明けの月曜日の昼過ぎ、直央たちはここにいる。

ややあって、どすどすという足音がドアに近づいて来た。光輔が、

「警視庁の蓮見です。永瀬良友さんに伺いたいことがあります」

と告げるとまた少し間があり、ドアが小さく開いた。ドアバーの向こうに、相撲の力士を思わせる巨漢《きょかん》が立っている。巨漢は小さな目を光輔がかざした警察手帳に向け、ドアバーを外してドアを開けた。無言で肉のだぶつく顎《あご》を動かし、直央たちに「入れ」と促す。貫禄《かんろく》たっぷりだが歳は二十代前半で、黒いジャージ姿だ。

巨漢に続き、短い廊下を抜けてリビングルームに入った。広々とした角部屋で、正

面と脇の大きな窓の向こうに、澄んだ空と東京のビル群が広がっている。その手前には大きさとデザインが異なるソファが四、五台、大理石のローテーブルを囲んで置かれていた。

すごい。直央はつい眼前の光景に見入り、架川に軽く脚を蹴《け》られ我に返った。その間に巨漢は、リビングルームの脇に歩いて行った。そちらには木製の大きなテーブルが置かれ、セットされた椅子の一脚には男が座っていた。こちらは二十代半ばで、小柄だが目つきが鋭く、左側の小鼻にピアスをしている。

ピアスの男は直央たちを横目で睨《にら》みながらテーブルの上のフライドポテトをつまみ、口に放り込んだ。巨漢も向かい側の席に座り、囓《かじ》りかけのハンバーガーを摑む。テーブルの上には他にラージサイズの紙コップと丸めた包装紙、英語の店名が入ったテイクアウト用の紙袋が載っている。テーブルの下にも、別の店の紙袋とピザの空き箱、ビールの空き缶などが転がっていた。

「一泊八十五万円の部屋で、ジャンクフードかよ」

顔をしかめて架川が呟《つぶや》き、光輔も目を向けた時、傍らの寝室らしき部屋のドアが開いた。出て来たのは、白いシャツに黒いスラックス姿のソフトモヒカンの男。

「お待たせしました。永瀬です」

直央たちの前に進み出て、永瀬良友は会釈した。言葉遣いは丁寧で、口調も穏やか。

しかし目の上あたりにヤンキー独特の険《けん》があり、真っ白な歯からも爽《さわ》やかさではなく胡散臭《うさんくさ》さが漂う。光輔が口を開こうとした矢先、永瀬が言った。

「元組対四課の架川英児さんでしょう？　噂は聞いてます。お目にかかれて光栄です」

切れ長の目を見開き、握手を求めて架川に手を差し出す。有名なんだな。驚き感心もして、直央は隣を見上げた。しかし「元」を強調気味に言われたのが気に食わなかったのか、架川は口を引き結んで差し出された手を無視した。光輔が話を始める。

「突然申し訳ありません。岡光大志さんが襲撃された事件について、伺わせて下さい。岡光さんと面識は？」

「ありましたよ。でも、最後に会ったのは一年以上前です」

「そうですか。でもあなたは、GO－WANにかなりの額を出資していますよね？」

「ええ。ですから経営状況は把握していたし、試合の動画などもチェックしていました」

「他人事《ひとごと》だな。フィストの売りは、絆《きずな》じゃなかったのか？」

両手をライトグレーのスラックスのポケットに入れ、架川が鋭く問う。「そうですよ」と頷《うなず》き、永瀬は答えた。

「しかし金を出した時点で、絆は投資家と起業家に変わる。GO－WANと神群会の件を聞いた時、僕は部下を通じて大志に『揉《も》めるな』と伝えました。それがフィストの方針なので」

調子のいいこと言って、自分は事件とは無関係ってアピールでしょ。直央は鼻白み、同感だったのか架川も永瀬を睨む。すると永瀬は、肩をすくめて見せた。

「そもそも事件は解決したんでしょう？　知ってることは全部他の刑事さんに話しましたよ。これ以上何かと言うなら、正式な手続きを踏んで下さい」

そう言われると、引き下がるしかない。光輔は「わかりました。ご協力に感謝します」と一礼し、身を翻して歩きだした。直央が後に続き、永瀬をひと睨みしてから架川も身を翻した。数歩歩き、架川はテーブルの巨漢とピアスの男に、

「食ったら片付けろ」

と言い渡した。巨漢とピアスの男は上目遣いに架川を睨み返したが何も言わず、食事を続けた。

11

ホテルを出た直央たちはセダンに乗り、桜町中央署に戻った。その車中で架川は永瀬と半グレに対する批判を、筋や仁義といったやくざの論理を引き合いに出して捲《まく》し

立てた。それは寄り道して摂《と》った昼食の最中も続き、直央は辟易《へきえき》とし、光輔は平然としていた。

午後二時過ぎに桜町中央署に到着し、直央たちはセダンを降りて署屋に入った。三階に上がり廊下を歩き始めて間もなく、

「ちょっと」

と潜めた声がした。振り向くと、傍らの休憩スペースで矢上が手招きしている。光輔が「お疲れ様です」と会釈して休憩スペースに入り、直央と架川も続いた。壁際に飲み物やスナック菓子の自販機、その前にベンチが置かれている。直央たちと向き合うと、矢上は告げた。

「六本木署から得た情報では、大志くんの自宅マンションで見つかったカギで港区内のコインロッカーを開けたところ、オキシメトロンやスピロペントの錠剤が大量に入っていたそうだ」

「アナボリックステロイド系の筋肉増強剤ですね。大志くんがGO－WANの選手に与えていたんでしょうか？」

光輔が問う。矢上は「いや」と答え、廊下に目をやってからこう続けた。

「組対は先週のガサ入れで神群会の本部から、コインロッカーに入っていたものと同様の薬物を押収したそうだ。幹部連中は『覚えがない』と言い張っているらしいが」

「なるほど」と光輔が呟き、架川も言う。

「そういうことか。では、コインロッカーの薬物も出所は神群会？」

「だろうね」

矢上が頷く。「すみません」と直央が挙手すると、三人が振り向いた。

「何がなるほどで、そういうことになるんですか？　誰と誰がつながってて、何を企《たくら》んでいるのか、さっぱり……」

すると架川が面倒臭そうにしながらも、こう説明してくれた。

「先週深山に会った時、神群会の新たなシノギの噂の話をしてただろ？　それが薬物の違法売買だったってことだ。アナボリックステロイドは日本では処方箋《しょほうせん》医薬品に指定され、医療機関以外での販売は禁止されている。だが海外通販での入手は違法じゃねえから、ボディビルダーやスポーツ選手を中心に人気があるんだ」

「いわゆるドーピング薬物ですよね。じゃあ神群会は、ドーピング薬物を輸入して売りさばいて儲《もう》けようと考えたってことですか。でも、なんでそれを大志くんがロッカーにしまってたんでしょう？」

「薬物の売買には、ルートが必要だ。神群会はGO－WANに目を付け、『手を組むのを諦《あきら》める代わりに、団体を使わせろ』と迫ったんだろう。一度は承諾し、薬物を受け取った大志だが、思い直して断った。襲撃された理由はそれで、恐らく神群会は他の地下格闘技団体にも迫っていて、『断るとこうなるぞ』という見せしめだろう……人の命を何だと思っていやがる」

最後のワンフレーズは唸《うな》るように言い、架川は空を睨んだ。「わかりました。ありがとうございます」と返した直央だが、やりきれない気持ちになり、神群会に怒りを覚えた。

「六本木署の情報通りだよ。さすがは架川くん」

ついといった様子で感心した矢上に、光輔が言う。

「しかし、組対にはチャンスですね。薬物の違法売買が明らかになったのなら、神群会の中核に斬り込めるでしょう」

すると矢上は「そうなんだけどさ」といつもの調子に戻り、息をついた。

「その組対から、さっき電話があったよ。内容は、架川くんたちの越権捜査に対する抗議」

「えっ！」

直央が思わず声を上げると、矢上は眉根《まゆね》を寄せた。

「どうする？　本庁で問題になったりしたら……熟年離婚確実だ。定年まで五年。波《な》風《かぜ》立たないようにやってきたのに」

後半は独り言になり、矢上が頭を抱える。直央は隣の架川に訊《たず》ねた。

「どうして私たちの動きがバレたんでしょうか。深山さん?」

「いいや。いろいろ弱みも握ってるし、あいつは俺を裏切らねえ」

「じゃあ、なんで」

直央はさらに訊ねようとしたが、それを遮るように光輔が矢上に告げた。

「GO-WANのスタッフと、フィストの永瀬から話を聞いただけです。越権捜査と言われるほどのことはしていませんよ」

「でも、あちらはカンカンなんだよ」

そう矢上が返した矢先、「課長」と声がして休憩スペースの前に制服姿の若い女が立った。刑事課内の事務を担当している職員だ。

「署長がお呼びです」

とたんに矢上は悲鳴めいた声を上げ、「もう終わりだ」と言って座り込んだ。その肩を叩《たた》き、光輔が言う。

「大丈夫です。僕らも行って説明しますから」

「確かに蓮見くんは、署長のお気に入りだけど……ああでも、水木さんはまずいよ。研修中の新人を巻き込んだと、火に油を注ぐ」

「なら、お前は待ってろ」

顎《あご》で刑事課の部屋の方を指し、架川が命じる。直央は「でも」と返そうとしたが、光輔と架川は矢上を促し、休憩スペースを出て行った。制服姿の若い女がその場を離れ、直央も休憩スペースから廊下に出る。

架川さんはともかく、蓮見さんは変じゃない？　いつもなら、組対に動きがバレた原因を突き止めようとするはずなのに。不安とともにもやもやとしたものを覚え、廊下を歩きだして間もなく、

「ちょっと、あなた」

と聞き覚えのある声に呼び止められた。振り向くと、岡光初美がいた。

「こんにちは。どうされたんですか？」

「様子を見に来たのよ。お願いした件はどう？」

直央を見返し、初美が問い返す。今日も丸首のスーツで色は黒、肘《ひじ》にかけたバッグはロエベだ。

「それが……あちらへどうぞ」

周囲を窺《うかが》ってから初美を促し、直央は廊下の奥に向かった。応接室が空いていたので入り、二人でソファに座った。

「実は大志さんの事件を調べていると、本庁の捜査員に知られてしまって。抗議されて、課長と架川たちは署長に呼び出されました」

加減がわからず、全部話してしまう。間髪を容《い》れず、初美は応《こた》えた。

「そう。ちょっと待って」

そしてバッグからスマホを出し、操作して耳に当てた。相手が出ると初美は、「あ、パパ？　ちょっといい？」と告げ、早口で話しだした。いきさつと現状をかいつまんで伝え、「困っちゃったのよ」と甘え声で訴える。訳がわからないまま直央が見守っていると初美は間もなく通話を終えた。スマホをバッグに戻し、言う。

「大丈夫。これで丸く収まるはずよ」

「本当に？　いま、誰に電話したんですか？」

身を乗り出して向かいに問うと、初美は平然と答えた。

「私の父。代議士なの。元国土交通大臣」

「……なるほど」

納得し、安堵《あんど》を覚えながらも、直央の胸に再びもやもやとしたものが湧く。

なんかいろいろ、タイミングがよすぎる。そう浮かび、もやもやが不信感に変わる。素早く頭を巡らせ、直央は改めて初美を見た。

「亡くなる前、大志さんはGO－WANという地下格闘技団体の代表をしていました」

はっとして初美が顔を上げ、直央は話を続けた。

「団体はフィストという半グレ集団とつながっていて、大志さんもフィストのメンバーでした。でも団体の運営には真剣に取り組み、結果も出ていました。ところが神群会に目を付けられ、犯罪に加担させられそうになった。大志さんはそれを拒否して、襲われたようです」

「そんな」

目を見開き、言いかけた初美だが先が続かない。その目を見返し、直央はこう告げた。

「大志さんにとってGO－WANは、ようやく見つけた居場所だったんだと思います。自分を活《い》かせて、同じ志を持った仲間もできて」

「仲間？」

「ええ。団体の選手とスタッフです。みんな大志さんを慕って、亡くなったことを心から悲しんでいました」

直央の頭に、試合会場で話を聞いた時の勝機とスタッフたちの姿が蘇《よみがえ》る。と、初美が身を乗り出した。

「大志は仲間を守ろうとしたんじゃない？　やくざなんかに渡してなるものか、って思ったのよ。だって、そういう子だもの。根は一途《いちず》で、責任感も強くて」

必死な口調とすがりつくような眼差《まなざ》しに、直央の胸は苦しくなる。初美の目を見返し、頷《うなず》いた。

「はい。私もそう思います」

するとと初美は「そう」と呟《つぶや》き、俯《うつむ》いた。間もなく黒いスーツの肩を震わせ、嗚咽《おえつ》を漏らしだす。

この人も母親で、本気で大志さんを想っていたんだな。でも背負っているものを守るのに必死だった。大志さんと同じだ。直央は思い、さらに胸が苦しくなり痛みも感じた。すると初美はバッグから出したハンカチで目の下を押さえ、顔を上げた。

「事情はわかったわ。あなた……水木さんだっけ？　ありがとう。今の話は夫にも伝えるわ」

「いえ」と返し、ちょっと救われた気持ちになった直央だったが、同時に不信感が蘇る。迷いながら、まだハンカチで目の下を押さえている初美に問いかけた。

「どうして桜町中央署《ち》に大志さんの事件の捜査を依頼したんですか？　お父様に頼んだ方が確実だし、いろいろスムーズですよね」

すると初美は手を止め、「それは」と言って困り顔になった。迷いは消え、直央は再び身を乗り出した。

「何かあるんですね？　ご迷惑はおかけしないので、教えて下さい」

躊躇《ちゅうちょ》していた初美だったが、直央が「お願いします」と頭を下げると、戸惑いながらもこう答えた。

「蓮見さんと架川さんに勧められたのよ。十日ぐらい前に訪ねて来て、『大志さんの事件には裏があります。真相を突き止めるので、指示通りにして下さい』って言われたの」

「本当ですか⁉　なんで蓮見たちが」

「さあ。驚いたけど、『あなたの頼みなら課長は断らないし、僕らも動ける』とも言われたから……水木さん、知らなかったの？」

怪訝《けげん》そうに初美は訊《たず》ねたが、直央の耳には入らなかった。すごいスピードでたくさんの記憶が蘇り、合点がいくのと同時に怒りが湧いた。

12

三十分ほどで初美は帰り、直央はエレベーターホールで見送った。そのまま脇にある階段を見守っていると、しばらくして矢上と光輔、架川が三階に上がって来た。

「お疲れ様です。さっき岡光初美さんが来て、事情を伝えたらお父さんに電話してくれました」

小声の早口で、まず矢上に報告する。

「署長室にいる時に連絡があったよ。お陰で厳重注意ってことで、組対は引き下がってくれた。命拾いしたけど、一時はどうなるかと――奥様にお礼を言わなきゃ」

ぐったりして説明した後、矢上はジャケットのポケットからスマホを取り出し、どこかに歩き去った。残った光輔と架川に、直央は告げた。

「聞きましたよ。課長に大志さんの事件の捜査を頼むように、初美さんに言ったそうですね。組対とトラブったら、初美さんが取りなしてくれるのも予想してたんでしょう？　狙いはなんですか？」

「狙いって、穏やかじゃないね。取りあえず、場所を変えよう」

笑いながら光輔が言い、廊下の先を指す。架川は無言。スラックスのポケットに両手を入れて直央を見ている。

休憩スペースに移動して向き合うと、光輔が口を開こうとした。ごまかされてたまるものかと、直央は先に話しだした。

「大志さんの事件には裏があるって、初めから知っていたんでしょう？　で、事件の捜査に便乗して別の何かを調べてる。別の何かっていうのは、奥多摩の土地の再利用計画。深山さんに会った時、架川さんが言ってましたよね？」

ライトグレーのダブルスーツの背中に向かい、問いかけた。が、架川は無言のまま自販機の前に立ち、缶コーヒーを買っている。光輔も口を閉ざしたので、直央はさらに言った。

「再利用計画には、有働という元警務部長が関わっていたそうですね。で、その有働が逮捕されるきっかけになった十年前の長野県での談合と収賄、ホステス殺害事件を解決したのが、蓮見さんと架川さん……何を調べてるんですか？　再利用計画と十年前の事件には関係があるんですか？　連続引ったくり事件を捜査した時、私は蓮見さんたちの優秀さと親密さの『理由』が『秘密』に感じられると言いましたよね？　隠さないで教えて下さい。私たちはトリオなんですよ」

架川と光輔を交互に見て、初美を見送ったあとエレベーターホールで考えていたことを訴える。動悸《どうき》がして、拳《こぶし》を握った両手に汗が滲《にじ》むのを感じた。わずかな沈黙があり、光輔は答えた。

「確かにそうだね。僕たちはトリオだし、僕と架川さんの目的に水木さんを巻き込んでしまっている。ルール違反だ。申し訳ない」

深刻な顔で言い、深々と頭を下げる。予想外の反応に驚き、直央は「いえ」と首を横に振った。廊下を通り過ぎる署員が、怪訝そうにこちらを見て行く。

「頭を上げて下さい。私が言いたいのは、そういうことじゃなく」

「水木さんの言うとおり、僕らは再利用計画を調べてる。十年前の事件と繫《つな》がりがあると考えているからだ」

「繫がりって？　神群会が関係してるんですか？　あとは組対の――」

「水木さんの秘密って、なに？」

唐突に問いかけられ、直央は「はい？」と訊《き》き返した。すると光輔は自販機の前のベンチに腰かけ、直央を見上げてこう続けた。

「今後はトリオでいこうって決めた時、水木さんは『蓮見さんたちの秘密も気にしません。秘密なら、私もあるし』と言ったよね。僕らだけ秘密を打ち明けるのは、フェアじゃない。水木さんのも教えてよ」

光輔は微笑み、口調も穏やかだ。しかしその目は冷たく、直央は怯《ひる》む。缶コーヒーを手に、架川がこちらを振り向くのがわかった。口ごもりながらも直央が「それは」と返すと、光輔は言った。

「ひょっとして、おじいさんのこと？　津島信士元警察庁長官官房長。今は帝都損害保険の副社長だ」

胸がどくんと鳴り、直央は言葉に詰まった。

信士のことは、調べればすぐにわかる。それよりも光輔の意図が読めず、混乱して焦りも覚えた。微笑んだまま直央から目をそらさず、光輔はさらに続けた。

「そして、帝都損害保険は再利用計画の参画企業のリーダー……なんてことは、とっくに知ってるよね。再利用計画について調べたんでしょ？　情報源は、同期の野津佑巡査かな。彼の兄は本庁の警務部所属だよね」

この人、怖い。直央の焦りが恐怖に変わる。鳥肌が立ち、この場から走り去りたいのをかろうじて堪《こら》えた。と、架川が、

「おい」

と、たしなめるように言った。光輔が黙り、架川は直央に向き直った。

「初美さんの件を言いだしたのは俺だ。エスから大志の事件には裏があると聞き、それを利用して組対に近づこうと考えた。十年前の事件と再利用計画には、組対の上層部が絡んでいるからだ。だが、大志の事件の裏を突き止めたいと思ったのは本当だし、真剣に捜査した」

その言葉に偽りはないと、直央にはわかった。だがどう受け止めて何を返せばいいのかわからず、身を硬くしたまま立っていた。

13

翌朝。直央が登庁すると、刑事課の自分の机に封筒が一通置かれていた。住所などはなく、黒いペンで「刑事課　水木直央様」とだけ書かれている。不審に思った直央だが、署に届いた郵便物はすべて警務課の担当者が危険がないかチェックしているはずだ。

黒革のトートバッグを机に下ろし、封筒を取って開けた。中身は長方形の白い紙箱で、蓋《ふた》を開けるとボールペンが一本収められていた。直央の頭に、先月信士と食事した際、キズを修理してやると言われて渡した記憶が蘇《よみがえ》る。

わざわざ届けてくれたの？　おじいちゃんはよほどこのボールペンに思い入れがあって、私に使って欲しいんだな。おかしいような嬉《うれ》しいような気持ちになり、直央はぴかぴかになったボールペンを手に微笑んだ。時刻は午前八時過ぎで、刑事課には当番の刑事がいるだけだ。

「おはよう」

声をかけられ、はっとして顔を上げた。ライトグレーのスーツ姿の光輔が直央の後ろを抜け、二つ先の自分の席に歩み寄る。直央が「おはようございます」と返すと、光輔は提げていたバッグを机上に置き、笑顔で振り返った。

「それ、いつも使ってるペンだよね。新しいのを買ったの？」

「いえ」

短く答え、直央はトートバッグから手帳を出し、表紙にボールペンを挿してしまった。

昨日はあの後、初美との電話を終えた矢上が休憩スペースに現れ、「奥様にお礼を言ったら、調べてもらって気持ちに踏ん切りが付いたと礼を言われたよ」と告げた。

同時に矢上は、「一件落着だね。みんな、通常業務に戻って」とも言い、直央と光輔、矢上は刑事課に戻って溜《た》まったペーパーワークをこなした。直央の恐怖や混乱は次第に治まったが、代わりに疑問が湧いてきた。

蓮見さんは、私が自分と架川さんを疑ってると気づいてた？　初美さんの件を私が勘づくというのも、計算済み？　じゃあ、おじいちゃんのことを訊いたのも？　そう言えば、前に私を「育ちがいい」「お嬢様」って……。昨日の疑問にこれまでの記憶も蘇り、直央は緊張を覚えた。が、光輔は何ごともなかったように着席し、ノートパソコンを立ち上げている。直央が気持ちを鎮めていると、架川が部屋に入って来た。

「よう。二人とも、早《はえ》えな」

そう告げて、直央の隣の席に歩み寄る。今日のダブルスーツは茶色に黒いストライプだ。直央と光輔は「おはようございます」と返して会釈した。架川の様子も、いつも通りだ。

「架川さんこそ、いつになく早いじゃないですか」

光輔が言い、架川は椅子を引いてどっかりと座った。

「大志の事件が気になってな」

「えっ。もう終わったんじゃないんですか？　事件の裏にあったのはドーピング薬物だとわかったし、初美さんも踏ん切りが付いたと言ってくれたんでしょう？」

直央が疑問を呈すると、架川は顎《あご》で隣を指した。それを受け、光輔が答える。

「そうなんだけど、気になることがあってね。昨日永瀬の部屋に行った時、部下の男たちが食事していたのを覚えてる？」

「ええ。確か、フライドポテトとハンバーガーを食べてましたね」

「うん。テーブルの上には紙袋が載っていて、テーブルの下にはピザの空き箱もあった。どちらも店名が入っていたから調べてみたら、高輪《たかなわ》六丁目にあるとわかったんだ。でも六本木から五キロ以上離れている上に、あのあたりは閑静な住宅街だ。気にならない？」

振り向き、光輔が問う。相変わらずすごい観察力と記憶力だなと感心はしたがピンと来ず、直央は「はあ」と返した。とたんに、架川が顔をしかめた。

「何だ、その気の抜けた返事は。気にしろよ。お前、デカだろ」

そして直央が返事をする前に、「行くぞ」と告げて立ち上がった。

14

店員に礼を言い、直央は架川とコンビニを出た。通りの端に停めたセダンに向かっていると、ジャケットのポケットでスマホが鳴った。画面には「蓮見さん」とある。

「水木です」

「お疲れ様。様子はどう？」

そう光輔は問い、直央は立ち止まって答えた。

「ハンバーガー店に聞き込みしたところ、店員が亀山《かめやま》と黒田《くろだ》の顔を覚えていました。週に二、三回来るそうで、時間はばらばら。注文は全てテイクアウトです。周辺にある他のファストフード店やコンビニにも行きましたが、亀山たちは常連で、弁当やカップ麺《めん》、スナック菓子などを大量に買って行くそうです」

「了解。亀山たちはピザ店にも度々立ち寄ってる。こっちも時間はばらばらで、テイクアウトのみ。ピザを一度に三、四枚買って行くこともあるらしい」

「臭うな」

ぼそりと呟《つぶや》いたのは、架川だ。身をかがめ、直央が構えたスマホに耳を寄せている。

一時間ほど前、直央たちは他の刑事に「パトロールに行く」と告げて刑事課を出た。光輔の話では、ハンバーガー店とピザ店は同じ通り沿いにあり、また架川の調べによるとホテルにいた二人の巨漢の方は亀山雄星《ゆうせい》といい、ピアスの男の方は黒田智弘《ともひろ》というそうだ。どちらも逮捕歴や補導歴があり、今はフィストの幹部だ。そこで二手に分かれて聞き込みをすることにして、直央は架川と、光輔は一人でセダンに乗り込み、ここ高輪六丁目に来た。

「この近くに、フィストが経営する店か会社があるんでしょうか？」

周囲を見回し、直央は問うた。通り沿いには飲食店やコンビニ、オフィスビルなどが並んでいるが、裏手に入ると大きな家と低層の高級マンションばかりだ。「いや」と言い、架川はジャケットの胸ポケットからレンズが薄い青のサングラスを出してかけた。

「ここいらはフィストのシマじゃねえ。亀山たちの目的地は、この先の北品川《きたしながわ》なんじゃねえか？　再開発中だと聞いてるし、ここいらで買い出しをしているんだろう」

その声が聞こえたのか、光輔は「ふうん」と呟いてこう続けた。

「とにかく、少し張り込んでみましょう」

電話を切り、直央は架川とセダンに乗り込んだ。通りの数十メートル前方には、ハンバーガー店のカラフルな看板と庇《ひさし》テントが見える。光輔も、二百メートルほど先にあるピザ店の近くにセダンを停めているはずだ。

ハンバーガー店は人気があるらしく、客が頻繁に出入りしている。しかし一時間ほど見張っても亀山たちは現れず、光輔からも連絡はなかった。

桜町中央署を出る時、直央に自分と組めと言ったのは架川で、昨日の休憩スペースでの一件が関係しているのは明らかだ。直央を気遣っているのか、何かのけん制か。直央は架川に確認したくなった。しかし「捜査に集中しろ」と叱り飛ばされるのは確実なので、口に出せない。架川は後部座席に脚を組んで座り、片肘《かたひじ》を窓枠に乗せて外を見ている。

さらに一時間が過ぎ、歩道の人出が増えた。早めのランチを摂《と》る人らしく、ハンバーガー店の前には短い行列ができている。と、架川が言った。

「俺らも昼飯にする。コンビニで握り飯を買って来い」

「せっかくだし、あのハンバーガー店で買いましょうよ。聞き込みした時にメニューを見たけど、おいしそうでしたよ」

振り向いて直央は提案したが、架川は顔をしかめた。

「パンで力が出るか。日本人なら米を食え、米を」

「カロリー的にはおにぎりよりハンバーガーの方が上だから、力も出ると思うんですけど」

「屁理屈《へりくつ》をこねるんじゃねえ。いいから買って来い。缶コーヒーも忘れるなよ」

屁理屈じゃなく、事実だし。「日本人なら」とか言って、おにぎりに缶コーヒーはありなの？　突っ込みは浮かんだがこれまた口には出せず、直央は助手席からトートバッグを取ってセダンを降りようとした。その矢先、前方で動きがあった。黒いワンボックスカーが直央たちのセダンの脇を走り抜け、ハンバーガー店の前で停まったのだ。ドアが開き、運転席から降りて来たのは、白いジャージ姿の巨漢。亀山だ。

「おい」

架川が鋭く言い、直央は「はい」と応《こた》える。

亀山は歩道を横切り、ハンバーガー店に入った。あらかじめ予約してあったのか、すぐに両手に大きな紙袋を提げて出て来た。ワンボックスカーのリアウィンドウにはスモークフィルムが貼られているが、恐らく黒田も一緒だろう。亀山が運転席に戻り、ワンボックスカーは走りだした。直央もセダンを出し、架川はスマホで光輔に報告をする。

通りを少し走ったところで信号に捕まり、ワンボックスカーを見失った。が、光輔から「ワンボックスカーの後方に付けている」と報告があったので追跡を任せ、直央たちは通りで待機することにした。

直央はシートベルトを締めたまま、スマホの地図で北品川への順路を確認し、再開発地区の情報も集めた。と、間もなく架川のスマホが鳴った。

「どうした？」

出るなり架川は訊《たず》ね、スピーカーになっているのか後ろから光輔の声が聞こえた。

「亀山たちのワンボックスカーは、通りの裏手のマンションに入りました。いま、住所を送ります」

「通りの裏手？　妙だな」

架川は首を傾げ、直央は光輔に「はい」と応えてセダンのエンジンをかけた。

五分ほどで、目指すマンションに着いた。六階建てで、築三十年近く経っていそうだ。直央は通りのマンションの手前にセダンを停め、架川と降車した。前方に停車したセダンから光輔も降り、歩み寄って来る。

「建物の地下が駐車場なので、亀山たちはそのまま部屋に上がった模様です。エントランスはオートロックで、管理人もいます」

マンションに目をやり、光輔は小声で報告した。窓の数と隣の部屋との間隔からして、間取りは広めのワンルームか1LDKといったところか。視線を架川に移し、光輔は訊ねた。

「張り込みますか？　あるいは、署に戻って情報収集を」

「ダメだ。嫌な予感がする。行くぞ」

そう返し、架川はサングラスを外して歩きだした。後を追いながら、光輔が言う。

「嫌な予感は僕も同じです。せっかく亀田たちの関係先を突き止めたんですから、慎重に」

「いま行かなきゃダメなんだよ。デカのカンだ」

きっぱりと告げ、架川は足を速めた。「待って下さい」と光輔も早足になり、直央は「デカのカンとか、本当に言う人いるんだ」と思いながら二人に続いた。

マンションの敷地に入り、エントランスの風除室に進んだ。傍らの壁にオートロックのパネルがあり、反対側は管理人室だ。架川は管理人室の小窓に歩み寄った。

「邪魔するぜ」

すると小窓から、ベージュの作業服を着た年配の管理人の男が顔を出した。架川は管理人の男に警察手帳を見せ、

「こいつらを知ってるか？」

と訊ねて亀山と黒田の写真を渡した。面食らったように目を瞬《しばたた》かせた管理人の男だったが、写真を見るとすぐに顔を上げた。

「ええ。五〇三号室の人です。どうかしたんですか？」

「ちょっとな。こいつらは、いつから住んでる？」

「ひと月経つか経たないかだけど、住んでるのは別の人みたいですよ。この人たちはよく来るけど、すぐに帰るから」

「別の人とは？」

架川の隣に行き、光輔も問う。管理人の男は答えた。

「よくわからないんですよ。でもあの部屋はゴミが多い上に出し方が滅茶苦茶《めちゃくちゃ》で、足音や物音で苦情も来ています」

「そりゃ迷惑だな。足音や物音の原因を突き止めて、何とかして欲しいか？」

窓口にずいと身を乗り出し、架川が問う。その迫力にたじろぎつつ、管理人の男は「ええ。そりゃまあ」と返す。とたんに架川は、

「よし、わかった」

と告げて身を起こした。小窓を離れ、風除室の奥にあるガラスのドアの前に立って管理人の男に「開けろ」と命じる。その圧のある口調と眼差《まなざ》しに圧《お》され、管理人の男は慌てて小窓から顔を引っ込めた。直後に重い音を立て、ガラスのドアが開いた。

架川、光輔、直央の順でドアからロビーに進み、奥のエレベーターホールに向かった。架川が壁のパネルのボタンを押してエレベーターを呼び、光輔は言った。

「作戦は読めましたけど、相変わらず強引かつ無茶ですね」

「ほっとけ。上手《うま》いこと立ち回れよ」

「わかってます」

息の合った会話が交わされたが、直央はついていけない。焦りと不満を覚え、口を開いた。

「作戦って何ですか？　あと思ったんですけど、亀山たちはここをデリヘル嬢の待機所にしてるんじゃないですか？　前にテレビで見ました」

「鋭いじゃねえか。だが、それはねえ。フィストはキャバクラやガールズバーはやってるが、風俗には手を出してねえ」

「新たに始めたとか。入居したのは、つい最近みたいですし」

「ねえよ。始めたらどうなるか、連中はわかってるはずだ。何しろここは――」

言いかけて、架川は口をつぐんだ。後ろから、老夫婦が歩いて来たからだ。「こんにちは」と笑顔で挨拶《あいさつ》する老夫婦に直央と架川が応え、エレベーターが到着したので五人で乗り込む。カゴは上昇を始め、間もなく五階に着いた。老夫婦に会釈し、直央は架川と光輔に続いてカゴを降りた。エレベーターホールを出て、くすんだ白いビニールタイル張りの廊下を進んだ。

廊下の左右にドアが並び、五〇三号室はその中ほどだった。ドアの前で立ち止まり、架川が直央を振り返った。

「舐《な》められんなよ」

またそれ？　そんなことより、作戦の説明でしょ。直央はそう訴えたかったが、架川は手を上げて壁のインターフォンのボタンを押した。くぐもったチャイムの音がして、インターフォンのスピーカーから「はい」とぶっきら棒な男の声が応える。

「警視庁の架川だ。そこに亀山と黒田がいるだろ？　話があるから出て来い」

インターフォンのマイクに向かい、強い口調で架川は告げた。男は黙り、がさごそという音がした後、別の男が言った。

「どうやって建物の中に入ったんだよ。住居侵入じゃねえか」

声のイメージからして、ピアスの男・黒田か。直央が頭を巡らせていると、架川は返した。

「管理人に頼まれたんだよ。お前ら、ゴミ出しだの騒音だの、評判悪いぞ」

ちっ、と舌打ちの音がしてマイクは切れた。どすどすという足音がしてドアが小さく開き、亀山が顔を出した。

「ほっとけ。こういうのは民事ふ……なんとかに違反してるんじゃねえのか」

亀山の後ろで黒田がわめく。と、小バカにするように架川が鼻を鳴らした。

「民事不介入《ふかいにゅう》。覚えるなら、ちゃんと覚えろ……確かに警察には、民事紛争には介入しねえってルールがある。だが騒音は、軽犯罪法で定められた静穏妨害の罪にあたるんだよ。つまり、犯罪だ」

言い終えるなり、架川は縁を摑《つか》んでドアを全開にさせた。と、架川の体越しに玄関の三和土《たたき》に降りた亀山と、後ろの上《あ》がり框《かまち》に立つ黒田が見える。黒田はオーバサイズのパーカーとジーンズ姿だ。

「おい！」

黒田が声を荒らげ、亀山は架川を室内に入れまいと進み出て来た。しかし架川は一歩も引かず、さらに言った。

「半端者が生意気《ナマ》言ってんじゃねえよ。大人しく部屋を見せろ」

「ざけんな。誰が半端者だ!」

黒田がキレ、亀山を押しのけて架川の前に立った。すると光輔が進み出て、「まあまあ」と黒田の肩に手を伸ばす。「触るな!」と黒田はそれを振り払い、待ち構えていたように架川が、

「おっと。公務執行妨害だな」

と告げて黒田の腕を摑んだ。すると鼻息を荒くした亀山が架川の胸ぐらを摑み、五〇三号室の玄関先は騒然となる。作戦ってこれ? グダグダなんだけど。架川と光輔の後ろから成り行きを見守っていた直央は、啞然《あぜん》とした。

架川と揉《も》み合いになった亀山が、玄関の外の廊下に出て来た。一方黒田もキレてわめきながら光輔に詰めより、廊下に進み出た。と、玄関は無人になり、直央の目にスニーカーやサンダルがぎっちり並んだ狭い三和土と、その先に延びる薄暗い廊下、奥の曇りガラスのドアが映った。

靴が多すぎない? 三和土を見て直央は違和感を覚え、曇りガラス越しに、ドアの奥の部屋に明かりが点《とも》っているのに気づいた。次の瞬間、強い衝動にかられ、直央は玄関に入って三和土の靴を踏み越え、土足のまま廊下に上がった。

「コラ!」

「水木さん!」

黒田と光輔の声を背中で聞き、廊下をドアの前まで走った。金属製のハンドルを摑んでドアを押し開け、奥の部屋に入る。

煙草の臭いをはらんだ濁った空気が顔に当たり、直央は室内に視線を巡らせた。広さは八畳ほどで、手前の壁際にキッチンがあり、向かいに置かれたテーブルに男が一人着いている。テーブルの脇にはソファが置かれ、こちらにも男が一人いた。

「なんだ、お前」

テーブルの男が言い、食べかけのハンバーガーを置いて立ち上がった。ソファの男も立ち上がる。どちらも若く、輩感《やからかん》満載だ。

テーブルの男が、険しい顔で向かって来た。反射的にトートバッグを棄てて身構えた直央だが、闘って勝てる相手ではない。ソファの男も、

「てめぇ！　なに勝手に入ってきてんだ」

と怒鳴りながら、こちらに向かって来る。

焦り、直央は武器を求めて傍らのテーブルを見た。しかし、そこに載っているのは吸い殻が山盛りになった灰皿と赤や濃紺の手帳のようなものの束、大量の書類。そしてさっき亀山がテイクアウトしたものと思《おぼ》しきハンバーガーとフライドポテト、蓋《ふた》付きの紙コップだ。

と、閃《ひらめ》くものがあり、直央はテーブルに歩み寄って紙コップを摑んだ。素早く蓋を

取り、紙コップを摑んだ手を前方に突き出す。紙コップの口から飛び出した液体が、びしゃっと音を立て、ソファの男にかかる。跳ね返ってきた液体の色と香りから、ホットコーヒーだとわかった。

「痛ぇ！」

ホットコーヒーが目に入ったらしく、ソファの男は顔を押さえて俯《うつむ》いた。怯《ひる》んだように、テーブルの男も動きを止める。その隙に、直央は部屋の奥に向かった。ソファの向かいの壁際に大型の液晶テレビが置かれ、その脇に木製の引き戸があった。迷わず、直央は駆け寄って引き戸を開けた。

蛍光灯に照らされた四畳半ほどの和室に、男が五、六人いた。みんな若いが青白い顔をして、体育座りをしたり寝転んだりしている。部屋の隅には弁当の空き容器やスナック菓子の袋、ペットボトルの飲み物などが散乱していた。

「なにこれ」

男たちが生気のない目で自分を見るのを感じながら、直央は呟《つぶや》いた。混乱し、動悸《どうき》もする。すると、

「そこまでだ。動くな！」

と鋭い声が響き、直央は振り返った。曇りガラスのドアの前に架川がいて、隣には警察手帳を掲げた光輔もいる。目が合うと、光輔が言った。

「水木さん、無事!?」

「はい！」

直央の返事に光輔はほっとしたように頷《うなず》き、床にうずくまったソファの男と、突っ立ったままのテーブルの男に歩み寄った。架川も直央を見て、

「勝手に動きやがって。このタコ！」

とわめきながら進み出て来た。怯みながらも、直央は脇に避《よ》けて後ろの和室を指した。

「見て下さい」

視線を動かした架川は、はっとして和室に歩み寄った。「おい、大丈夫か？」と室内に問いかけ、畳の上の男たちが頷く。

「どうなってんだ」

呆然《ぼうぜん》と架川が呟く。直央は光輔の許《もと》に向かい、手錠を出してテーブルの男とソファの男の片手にかけた。と、何かに気づいたらしく光輔がテーブルに歩み寄った。さっき直央が見た手帳の束のようなものと、文字や数字がびっしり印刷されている書類を摑み、顔の横に掲げる。

「架川さん。これ」

振り向き、光輔が掲げたものを見た架川の目が鋭さを増す。気付けば、手帳のよう

なものは日本のパスポートだ。歩み寄って来た架川にパスポートと書類を渡し、光輔は「黒田たちを連れて来ます」と告げて部屋を出て行った。

直央がテーブルの男とソファの男からスマホを取り上げていると、光輔が戻って来た。手錠をかけられ、ふて腐れたような顔で俯く黒田と亀山も一緒だ。パスポートと書類を手に、架川が二人の前に立つ。

「パスポートは和室の男たちのものだろ？　裏バイトのサイトで集め、ここに連れ込んでスマホと一緒に取り上げたんだ。そしてこの書類は、電話番号のリストとマニュアルだな。このあと男たちをフィリピンあたりに連れて行き、郊外のアパートで監視付きで延々と、オレオレ詐欺か、公的機関を名乗った電話をかけさせる。いわゆる特殊詐欺の『かけ子』だ」

「えっ⁉」

驚き、直央は架川と男たちを交互に見た。男たちは不安げな顔で座ったままだ。黒田と亀山の脇に立ち、光輔も言う。

「警察の取り締まりが厳しい国内を避け、拠点を海外に移す特殊詐欺グループが増えてるんだ。フィリピンやタイ、中国とかね」

「それは知ってますけど」

戸惑いつつ、直央は応《こた》えた。急に話が大きくなり、ついていけない。すると、架川がこう続けた。

「だが、海外に拠点を構えるには億単位の金がかかり、地元のマフィアとのパイプも必要だ……バックに暴力団がいるな？」

顔を覗《のぞ》き込んで迫ったが、黒田も亀山も口を引き結んで顔を背けている。架川を見上げ、直央は訊《たず》ねた。

「フィストのバックなら、神群会なんじゃないんですか？」

「いや。さっき言いかけたんだが、ここは神群会のシマじゃねえ。ここいらを仕切ってるのは鷲見《わしみ》組だ。だろ？」

再び黒田たちの顔を覗き、問いかける。二人は無言のままだが、黒田の目が泳いだのに直央は気づいた。鷲見組とは九千人以上の構成員がいる日本最大の暴力団で、本部は兵庫県神戸《こうべ》市にある。光輔も架川に訊ねた。

「どういうことですか？　フィストは、鷲見組の天敵の神群会と共存関係にあるんですよ」

「だから、そのあたりの事情をこいつらにご教授願うんだよ」

含みのある口調で答え、架川は顎《あご》で黒田たちを指した。顔を険しくして、黒田が何か言おうとした。が、それより早く架川が告げる。

「黒田。お前、最近嫁さんに子どもが生まれたんだってな。亀山は亀山で、暴行罪の執行猶予中だ……どうだ？　いまパクられるのは、まずいんじゃねえのか？」

強い口調で問いかけ、架川は二人を見据える。ぐっ、と黒田が黙り、その顔を亀山が見る。

蓮見さんは怖いけど、別の意味で架川さんも怖い。そう感じ、直央は固まる。と、ダメ押しで光輔も言った。

「ちなみにいま逮捕されると、公務執行妨害罪と監禁罪、窃盗罪。無論、詐欺罪にも問われるね。当分シャバには出られないよ」

そして、最後ににっこりと微笑む。とたんに亀山は取り乱し、黒田を見てぱくぱくと口を動かす。何か訴えたいのだが、言葉が出て来ないようだ。すると黒田は苛立《いらだ》ったように「わかってる」と亀山に返し、架川を見た。

「汚《きたね》え手を使いやがって」

眼差《まなざ》しには怒りと屈辱感が滲《にじ》んでいたが、腹をくくった様子だ。

架川と光輔はテーブルの男とソファの男をバスルームに閉じ込め、その間に直央は床に転がっていたトートバッグを拾って肩にかけた。改めて向き合うと、黒田は「俺らの身の安全は保証しろよ。これは取引だからな」と架川に念押しし、話しだした。

「口じゃ共存と言ってるが、うちのリーダーは神群会と手を切りたがってる。そこに三田《みた》雅暢《まさのぶ》って男が、『俺は鷲見組の使いだ。鷲見組と手を組めば、神群会を潰《つぶ》し、海外にアジトを用意してやる』と言ってきた」

「三田⁉　日星《にっせい》エステートのか？」

架川が驚き、光輔の顔が厳しくなる。三田？　誰それ？　疑問が湧き、直央が架川たちを見ると、黒田は「そうだ」と頷いた。光輔が問う。

「神群会を潰すって、具体的には？　ひょっとして岡光大志の事件もそれに関わってる？」

「ああ」

「なにそれ」

思わず声を上げた直央だが、光輔に目で制され口をつぐむ。と、架川が質問を再開した。

「神群会のドーピング薬物売買はでっち上げか。黒幕は組対の船津で、椛島《かばしま》も嚙《か》んでるだろ？」

でっちあげ⁉　パニックになりかけた胸の鼓動を必死に抑え、直央は黒田の返事を待った。

「ああ。そう聞いてる」

そう答えた黒田だったが急にそわそわしだし、「もういいだろ。これ以上は何も知らねえよ」と訴えた。光輔と目配せし合った後、架川は返した。

「わかった。行っていいぞ。ただし、フィストは抜けて当分は東京を離れてろよ。もしヤバいことになったら、俺に連絡しろ」

「ああ」

黒田が応え、亀山は大きな顔をぶんぶんと縦に振る。架川と光輔はポケットからカギを出し、黒田たちの手錠を外した。あっという間に、黒田たちは部屋を飛び出して姿を消した。架川を見上げ、直央は問うた。

「いいんですか？　犯罪者と取引した上、解放しちゃって」

「上の指示に従ってるだけの三下《さんした》をパクったところで、何の解決にもならねえよ。小さな罪は見逃し、大きな組織を潰す。それがマル暴のやり方だ」

そう断言されたが釈然とせず、直央は視線を光輔に移した。三下とは下っ端を指す暴力団関係者の隠語だと、以前彼が教えてくれた。しかし光輔は、俯《うつむ》いて手にしたスマホを弄《いじ》っている。

「ちょっと待ってろ。自由にしてやる」と和室の男たちに告げ、架川は光輔を振り返った。

「黒田たちとの会話は録音したな？」

「もちろん」

クールに頷き、光輔はスマホを持ち上げて見せた。

15

黒田と亀山が去った後、架川と光輔は直央を促して五〇三号室から廊下に出た。架川が電話をかけると、間もなく深山がやって来た。深山は架川からパスポートを受け取って五〇三号室に入り、直央たちはマンションを出た。すると架川は「昼飯がまだだ。さっきのハンバーガー店に行け」と言いだし、直央の運転するセダンで移動した。

ハンバーガー店に入り、注文を済ませて奥のテーブルに着くと、直央は訊ねた。

「あの、さっきのって、結局どういうことなんですか？」

すると光輔は一口齧《かじ》ったハンバーガーを包装紙の上に置き、紙ナプキンで口を拭《ぬぐ》った。空腹を覚え、直央もチーズバーガーを齧る。

「神群会には新たなシノギの噂があり、大志の事件を機に組対が組事務所をガサ入れしたところ、ドーピング薬物が見つかった。その後、大志がドーピング薬物をロッカーに保管していたとも判明した。つまり、神群会はGO－WANを薬物によるシノギに利用しようと謀り、拒否した大志を殺害したと考えられる……ここまでは、わかるかな？」

子どもに言い聞かせるような口調だったが、気にしている余裕はない。直央はチーズバーガーを飲み込んで「はい」と答え、光輔は先を続けた。

「ところが、これは順序が逆だったんだ。実はドーピング薬物売買の噂は大志の事件の後にねつ造されたもので、組事務所から押収された薬物も仕込まれたものだ。同じように、大志の部屋で見つかったカギとロッカーの薬物も、事件後の仕込みだ」

「えっ。じゃあ、大志さんは何で襲われたんですか？」

「興行に噛ませろという誘いを断ったから。逮捕された神群会の構成員と、GO－WANのスタッフたちの証言通りだよ。逆恨みによる襲撃事件を組対が悪用したんだ。で、その黒幕が船津と椛島」

　後半は声を低くして、光輔は説明した。架川も眼差しを鋭くして、コーヒーをすすっている。取り乱し、直央は身を乗り出した。

「待って下さい。それ本当ですか？　船津さんと椛島さんって、組対の課長と部長でしょう。本当なら滅《め》茶《ちゃ》苦《く》茶《ちゃ》まずい、超陰謀《ちょういんぼう》じゃないですか」

「言うに事欠いて、超陰謀かよ。言葉が軽いのは、人間が軽い証拠だぞ」

　顔をしかめ、架川が説教する。が、光輔は直央の目を見返して頷《うなず》いた。

「そうだよ。本当だし、超陰謀だ。さっきの黒田の話は聞いたでしょ？」

「聞きましたけど……だとしたら、本庁の幹部が犯罪をねつ造してまで神群会を潰そうとしてることになります。どうしてそんな」

「言ったろ。奥多摩の土地の再開発絡みで、船津たちは是が非でも神群会を大人しくさせなきゃならねえんだよ」

架川が告げ、直央は「あっ」と声を上げた。三日前、赤坂で深山と会った際の架川の言葉を思い出す。同時に昨日休憩スペースで言い合った際、架川が「十年前の事件と再開発計画には、組対の上層部が絡んでる」と言ったのも思い出した。

そこにつながるのか。合点がいくのと同時に直央は愕然《がくぜん》とし、動悸《どうき》がするのも感じた。

「じゃあ、鷲見組は？　自分たちと手を組めとフィストに持ちかけたんでしょう？　で、フィストが乗ったから、五〇三号室はあの状況だった」

「ああ。鷲見組は何か謀《はか》っていやがるぞ。しかも、とんでもなくでけぇ謀《はかりごと》だ」

架川が答え、光輔も「ええ」と頷く。

「ここで三田雅暢の名前を聞くとは。しばらく動きがなかったので、油断していました」

「ちょっと待った！」

直央は言い、テーブルの上の、架川と光輔の間に腕を伸ばした。二人がこちらを向いたので、こう畳みかけた。

「三田って誰ですか？　黒田は『鷲見組の使い』って言ってましたけど、日星エステ

いいよ」

ートっていうなら不動産業者？」

「そうだよ。大手《おおて》町《まち》にある。商業登記をしてるから、興味があるなら登記簿を見るといいよ」

にこやかに光輔が答える。出た、この笑顔。お腹の底がかっと熱くなり、直央は返した。

「興味があるならって……いい加減にして下さい。その調子で隠すつもりなら、大志さんの事件で蓮見さんたちがしたことを課長に話しますよ」

後半は言葉が勝手に口を衝《つ》いて出た。直央がしまったと思った矢先、光輔は「ふうん」と言った。整った顔から笑みが引き、眼差《まなざ》しが尖《とが》る。

「隠すつもりはねえ。俺らも、肝心なことは摑《つか》んでねえんだ」

取りなすように、架川が直央に告げた。が、直央は自分を見つめる光輔の眼差しから目をそらせない。すると、光輔は言った。

「水木さんは、僕らの優秀さと親密さの『理由』が『秘密』に感じられるんだよね？その通り、僕らには秘密がある。きみが想像しているより、ずっと大きくて危険なものだ。でも、きみにはそれを教えられない。なぜなら、きみを信用できないから。出会ってから一度も、僕はきみに心を許したことはない」

その瞬間、直央の胸を冷たく尖ったものが貫いた。胸が痛み、息苦しさも覚えて直央は何も言えなくなる。

「蓮見！」

厳しい表情で、架川が光輔の名を呼ぶ。しかし光輔は、直央を見据えたままだ。

負けちゃダメだ。何か言わなくちゃ。そう思い焦りも湧いた直央だが、口を開けない。その時、

「遅くなりました」

と声がして深山が直央たちのテーブルに近づいて来た。場の空気に怪訝《けげん》そうな顔をする深山を、光輔がにこやかに促す。

「お疲れ様です。どうぞ、座って下さい」

「なんですか、この店は」

空いた席に着きながら、深山が店内を見回す。黒白市松模様の床にペパーミントグリーンの壁、インテリアはポップな原色。午後二時近くになっても店内は賑《にぎ》わっているが、客のほとんどが若者だ。肩を揺らして笑い、架川が返す。

「いいだろ？　ここなら組対の連中はまず来ない」

「まあ、そうですけど」

深山が言い、直央も上手《うま》く回らない頭の端で、だから架川はこの店を指定したのかと思う。テーブルの下で組んでいた脚を解《ほど》き、架川は本題を切り出した。

「で、五〇三号室はどうした？」

「いま、課のみんなが現場検証をしています。和室の男たちは、取りあえず病院に搬送しました。一人に話を聞いたところ、架川さんの読み通りでした。しかし、よくわからないんですよ。フィストは、神群会から鷲見組に鞍替《くらが》えしたってことでしょうか」

そう返し、深山が首を傾げる。課とは、彼が所属する本庁組織犯罪対策部暴力団対策課のことだ。

「船津さんは何と言ってる？」

「聞いてません。それどころじゃないですよ。エスから俺にタレコミがあり、ダメ元であの部屋を訪ねたらフィストのアジトだった、って流れをみんなに納得させるのに一苦労で。実際はどうだったのかは訊《き》きませんけど、ホント、勘弁して下さい」

眉根《まゆね》を寄せ、深山がぼやくと、架川は顎《あご》を上げて笑った。

「なんでだよ。こっちで仕入れたネタは、そっちにも流すって約束を守っただけじゃねえか。お陰でしっかり点数を稼げただろ？　今度こそ、警部補になれよ」

「大きなお世話ですよ」

深山がふて腐れ、架川がさらに笑う。場の空気が緩み、直央の息苦しさも少し和らいだ。すると架川は真顔に戻り、こう続けた。

「俺がよろしく言ってたと、船津さんと椛島さんに伝えてくれ。近いうちに挨拶《あいさつ》に行く。この蓮見を連れてな」

「この蓮見」と言う時には向かいを指し、光輔も大きく頷く。直央は驚いたが、まだ何も言えない。

「お断りです。何をするつもりか知らないけど、俺を巻き込まないで下さい」

口を尖らせて深山がそう返し、架川は「嫌われたもんだ」とまた笑う。一緒に光輔も笑ったが、直央はそれを見つめるのが精一杯だった。と、光輔も直央を見た。

「水木さん。さっきから気になってたんだけど、ワイシャツの袖《そで》が汚れてるよ」

指摘されて目を向けると、確かに右の袖口に茶色い点々が付いている。

「コーヒーです。五〇三号室に踏み込んだ時に、フィストの男たちとちょっと」

「トイレで洗って来たら？　早く落とさないと、シミになるよ」

光輔に笑顔でそう告げられ躊躇《ちゅうちょ》した直央だったが、ここで断ると深山に怪訝に思われそうだ。そこでチーズバーガーをテーブルに置き、「失礼します」と言ってトートバッグを摑み、席を立った。

通路を進み、店の奥の女子トイレに入った。壁も個室の扉も淡いピンク色で、他に人はいない。直央は壁際に二台並んだ洗面ボウルの、奥の一台に歩み寄った。手前の洗面ボウルとの間にトートバッグを置き、パンツスーツのジャケットの袖を捲《まく》り、ハンドルを持ち上げて水道の水を出した。そして汚れた袖口を水に濡《ぬ》らし、洗い始めた。

さっき光輔に言われたことを反芻《はんすう》したくなったが、取り乱しそうでやめた。すると五〇三号室に踏み込んだ時の出来事が頭に浮かび、自分に向かって来るソファの男とテーブルの男の姿が蘇《よみがえ》った。

「ヤンキーって、つくづく私の天敵だわ……このワイシャツ、買ったばっかりなのに」

そう呟《つぶや》いて顔をしかめ、直央は茶色い点々に爪を立てて引っ掻《か》いた。が、点々の汚れは落ちない。ダメかとがっかりした矢先、後ろのドアが開いて若い女がトイレに入って来た。直央の隣の洗面ボウルに歩み寄り、傍らの壁との間に黒いリュックサックを置く。鏡越しに、若い女が直央の手元をちらりと見たのがわかった。

恥ずかしくなり、直央は水を止め、びしょ濡れの袖口を絞った。その間に若い女はリュックサックに手を伸ばし、ファスナーを開けた。すらりとして、長い髪をポニーテールに結っている。きれいな髪だなと思いながら、直央は手元の作業に集中した。

と、どすん、がしゃんと音がして直央は振り向いた。淡いピンク色の床の上に自分のトートバッグが転がり、開いた口から中身が飛び出している。

「すみません！」

声を上げ、若い女が床にかがみ込んだ。手を動かした拍子に、肘《ひじ》がトートバッグにぶつかってしまったのだろう。

「いえ。私が変な場所にバッグを置いたから。自分で拾うので、大丈夫ですよ」

急いでジャケットのポケットからハンカチを出して手を拭《ふ》き、直央は告げた。しかし若い女は「すみません」を繰り返し、床から財布や手帳を拾い集めてトートバッグに戻した。あたふたと体を起こし、直央にトートバッグを手渡す。口から覗《のぞ》いてトートバッグの中身を確認した後、直央はトイレを出た。濡れた袖口が気持ち悪く、茶色い点々は腹立たしい。

踏んだり蹴《け》ったりだわ。そう思いながらも気を引き締め、直央はトートバッグを肩にかけて光輔たちがいるテーブルに向かった。

16

「光輔。どうした？」

隣に座った若い男に問われ、光輔はそちらを向いた。

「なに？」

「箸《はし》が進んでないぞ。いつもなら、朝からガツガツ食うのに」

テーブルの光輔の前に置かれたトレイを指し、若い男が言う。トレイの上にはハムエッグの皿と漬物の小鉢、味噌汁《みそしる》の入ったお椀《わん》と白飯が盛られた茶碗《ちゃわん》が並んでいる。

「ガツガツって……ちょっと疲れただけだよ」

笑って応《こた》え、光輔は止まっていた箸を動かし始めた。すると若い男は「そうか」と返し、光輔とは反対側の隣に座った男と話しだした。ここは桜町中央署にほど近い警視庁の独身寮だ。見た目は普通のマンションで全て個室だが、風呂《ふろ》とトイレは共同で、食事も食堂で摂《と》る。時刻は午前七時過ぎで、数列並んだ長机には二十名ほどの警察官が着き、朝食を摂っている。

いつも通りに振る舞わないと。気を引き締め、光輔は茶碗を摑んで白飯を口に運んだ。五〇三号室の騒動から三日。架川の調べで、今夜、組対の船津と椛島は接待で新《しん》橋《ばし》の料亭に行くとわかった。光輔たちはそれを見張り、船津たちが料亭から出て来たら声をかける。その後は録音した黒田の話をネタに船津たちを脅し、奥多摩の土地の再利用計画に絡む陰謀を吐かせる。上手《うま》くいくか否かではなく、敵を揺さぶるのが目的だ。

その前に、水木直央を何とかしないとな。そう思い、光輔の頭にハンバーガー店で自分の言葉に茫然《ぼうぜん》とする直央の顔が浮かぶ。

ふと胸が痛み、光輔は箸と茶碗を置いてトレイの脇の湯飲み茶碗を取った。湯飲み茶碗を口に運んでお茶を飲みながら、自分で自分に言い聞かせる。今さらなんだ。これまでだって、目的のためには何だってやってきた。僕にはやらなきゃいけないことがあるんだ。

「――の海上に二人の男性の遺体が浮かんでいると、通報がありました」

　頭上からの男の声に、光輔は顔を上げた。食堂の天井の角には液晶テレビが取り付けられ、ニュースを流している。画面にはどこかの埠頭《ふとう》が映り、制服姿の鑑識係員が地面にかがみ込んだり海面を覗いたりしていた。胸騒ぎがして、光輔は湯飲み茶碗をテーブルに置き、ニュースに見入った。

「遺体はどちらも死後間もなく、所持品から東京都港区の黒田智弘さん、二十六歳と東京都渋谷《しぶや》区の亀山雄星さん、二十三歳と判明しました。なお、二人の遺体には暴行の痕《あと》と複数の刺し傷があり――」

　アナウンサーの男の声が、すっと遠のいた。鼓動が速まり、五〇三号室を飛び出して行く二つの背中の記憶が蘇った。

　光輔は席を立ち、トレイを持ち上げた。さっきの若い男が何か言うのが聞こえたが、構わず通路を進み、厨房《ちゅうぼう》のカウンターにトレイを載せて食堂を出た。自室に戻り、部屋着からスーツに着替えて独身寮を出た。

　晴天だが気温は低く、通りを歩く通勤通学の人々はコート姿で手袋やマフラーを着けている人も目立つ。その中を足早に進みながら、光輔はスマホを出した。

　架川さんに連絡――いや。今後は電話やメールにも注意しないと。頭を巡らせ、通りをさらに進んでいると、後ろの気配に気づいた。車が徐行しながら跡を付けて来る。緊張し振り向こうとした矢先、車は速度を上げて光輔の横に並んだ。見覚えのない青い小型車で、光輔は車内を窺《うかが》おうと首を突き出した。と、小型車の窓が開いて運転席の男がハンドルを握りながら身を乗り出す。白い顔に黒く太い眉《まゆ》と、一重まぶたの細い目。羽村琢己だ。

「光輔。乗れ」

切羽詰まった口調で告げ、羽村は小型車を停めた。

17

同じ頃、直央は桜町中央署刑事課の給湯室にいた。棚の上に置かれたコーヒーメーカーをセットし、サーバーにコーヒーが抽出されるのを待ってマグカップに注ぐ。「飲み物は各自で」が刑事課のルールだが、朝一度だけは、新入りの直央がコーヒーメーカーをセットすることになっている。面倒臭いが、淹《い》れたコーヒーの最初の一杯を飲めるのが唯一のメリットだ。

コーヒーを飲みながら自分の席に戻ると、隣席に架川がいた。いつものように顔の前にスポーツ新聞を広げ、缶コーヒーを飲んでいる。

「おはようございます」

会釈して直央は自分の席に着き、架川は紙面に目を向けたまま「おう」と応えた。今日のダブルスーツは黒だ。直央はノートパソコンで仕事に取りかかり、架川はスポーツ新聞を読み続けた。刑事課に他に人気はなく、場に沈黙が流れる。

この三日間、直央はハンバーガー店で光輔に言われたことを繰り返し思い出し、胸が痛んで腹も立った。しかしそれ以上に、したことを課長に言うと光輔たちを脅すような発言をした自分がショックで、思い出す度に「わ～っ！」と叫んで頭を抱えてしまう。それでも光輔と架川は何ごともなかったように振る舞っているので、直央も胸の内は表に出さず、淡々と職務をこなしている。

「ほとんどカフェオレだな」

そう言われ、直央はノートパソコンのキーボードを叩《たた》く手を止めて振り返った。スポーツ新聞の脇から顔を出した架川が、机上の直央のマグカップを見ている。そこに入ったコーヒーは架川の言うようにカフェオレ色、茶色がかった白だ。

「ええ。ミルクと砂糖をたくさん入れてますから」

直央が応えると、架川は顔をしかめた。

「お前、スカしたチェーンのコーヒー店で、念仏みてぇに長い注文を付けて甘ったるい飲み物を買ってるだろ」

「ラテにクリームやシロップをトッピングしたやつですか？　大好きですよ」

するとと架川はけっ、と言ってブラックの缶コーヒーを取り、直央に見せつけるようにして飲んだ。子どもか。おっさんなのに。呆《あき》れて、直央は作業に戻ろうとした。が、架川は話を変えた。

「思ったんだが、今回の一件じゃ、蓮見のいつものあれが起きなかったよな。何か閃《ひらめ》いて、目をぎらぎらさせながらぼ～っとするやつ」

「ああ。確かに」

つい頷《うなず》き、振り向くと架川はまた話を変えた。

「ハンバーガー店で言ったことは本当だ。俺と蓮見も、肝心なことは何も摑《つか》んでねえんだ」

直央が黙っていると、架川はスポーツ新聞を畳んで缶コーヒーを机に戻した。

「それに、蓮見に信用されてないのは俺も同じだ。あいつは誰にも心を許さねえ。それだけのものを背負っているんだ」

私を慰めるか、懐柔《かいじゅう》しようとしてる？　一瞬思い、腹が立った直央だが架川の眼差しは真剣で、どこか寂しげだった。少し考えて、直央は返した。

「そんな相手と、コンビを組んだんですか？」

「俺と蓮見の関係は、仲間とか同志とかいうのとは違う。互いの秘密を握り合って、相手をけん制しながら同じゴールに向かってるんだ」

「また秘密？　うんざりなんですけど」

直央が口調を尖《とが》らせると、架川は反対に目を伏せて声のトーンを落とした。

「なら、今のうちに降りろ——と言いてぇところだが、手遅れかもな」

思いも寄らない言葉に戸惑い、直央は口を開こうとした。と、刑事課の部屋のドアが開いて光輔が入って来た。歩み寄って来るその顔を見て、何かが起きたと直央は直感し、架川は「どうした？」と問いかけた。

「黒田と亀山が殺害されました」

直央たちの前に立ち止まり、光輔は言った。いつもならこういうことを言う前には必ず周囲を確認するのだが、今日はしない。直央は驚き、架川は「なに⁉」と立ち上がる。が、光輔はさらにこう続けた。

「それだけじゃない。昨夜、船津が自宅近くのビルから飛び降りて死亡。椛島は体調不良を理由に、今日から休職。さっきあの人が報《しら》せてくれました」

「消されたな」

迷わず、架川はそう返した。事態を飲み込めないのに、直央は腕に鳥肌が立つのを感じた。深刻な顔で、架川は椅子に腰を戻した。

「先回りして、俺らの動きを封じたんだ。俺らの動きが連中に筒抜けってことだぞ。

なぜだ？」

「わかりません」と光輔は返し、深刻な顔で横を向いた。

「深山さんの仕業とは思えないし、バスルームに閉じ込めたフィストの二人と、和室の男たちにも深山さんが口止めしたはずです。そもそも、敵の対処が早すぎる。僕らを見張っていたとしても、黒田たちとの取引の内容までは――」

ふいに言葉が途切れ、直央と架川は光輔を見た。その顔から表情は消え、前方を見る二つの目はいまいち焦点が合っていないが、力に溢《あふ》れ発光するように輝いている。噂をすれば!? 直央は驚き、架川は再び立ち上がる。と、振り返って光輔も直央を見た。

「あのペン」

「はい？」

「ボールペンだよ。いつも使ってるやつ。三日前の朝、新しいのが届いたでしょ？あれはもらいもの？ 誰から？」

厳しい口調で問われ、直央は面食らいながら答えた。

「祖父です」

「だと思った。見せて」

早口で命じ、光輔が手を差し出す。その勢いと剣幕に負け、直央は足下に置いたトートバッグから手帳を出し、ボールペンを抜いて渡した。その場に立ったまま、光輔はボールペンを一瞥《いちべつ》するなりペン先を摑んで回し、本体から外した。そして本体の中を覗《のぞ》き、「やっぱり」と呟《つぶや》いた。そこに「おい。まさか」と架川が歩み寄り、直央も立ち上がって訊《たず》ねる。

「何が『やっぱり』なんですか？　そのペンがどうかしたんですか？」

光輔は無言。「見ろ」と言うように、ボールペンの本体を持った手を突き出す。目をこらし、直央は筒状の本体の中を覗いた。空洞かと思いきや、そこにはプラスチック製の黒い蓋《ふた》がはまり、その中央に幅一センチほどのスリットが入っている。

「そのスリットには、小型のマイクロSDカードが収められていたんだ。本体の頭のボタンを押すとスイッチが入り、録音が始まる。それはボールペン型のボイスレコーダーだよ」

「えっ⁉」

「津島信士は、スイッチを入れた状態でそのペンをきみに送り、僕らの会話を録音したんだ。そしてタイミングを見計らい、ペンを回収してSDカードを抜いた同型のペンとすり替えた。もしきみが本体の中を見たとしても、SDカードがなければボイスレコーダーだとは気づかないからね」

「すり替えたって、いつ？　私以外、誰もそのペンには――」

言いかけて、ふいに記憶が蘇《よみがえ》った。三日前のハンバーガー店のトイレだ。若い女が洗面台からトートバッグを落とし、拾い集めた物の中にこのボールペンを挿した手帳もあった。

あの時か。思い至り、直央は愕然《がくぜん》となる。その肩を架川が摑んで揺すった。

「おい。しっかりしろ」

なんで？……いや、違う。おじいちゃんは、そんな卑劣な真似はしない。強くそう思う一方、ボールペンを直央に贈った時の、「私が現役時代に使っていたのと同じものだ」という信士の言葉を思い出し、「こういうことは、思いついた時にやらないとダメなんだ」と告げ、直央から回収したボールペンをポケットにしまった時の姿も蘇った。

「わかった？　全ては仕組まれたことだったんだよ。きみの特別選抜研修も、『刑事課内で最も優秀な捜査員と組ませるように』という指示も。もちろん、津島がそのペンをきみに贈ったのもね」

真っ白になった直央の頭に、光輔の声が響く。違うってば。そう叫びたいのに叫べない。

「この僕が、今の今まで全然気づかなかったよ。きみが敵のスパイだったとはね」

「誤解です！　私は何も知りませんでした」

我に返り、直央は訴えた。すると光輔は、

「どうかな。きみは元演劇部、女優だからね」

と告げ、にっこりと微笑んだ。これまでに見た彼の笑顔の中で、一番優しい微笑みだった。しかし澄んだその目の奥には、激しい怒りの色が滲《にじ》んでいる。

怖い。心底の恐怖を覚え、直央は小さく後ずさった。架川が言う。

「水木、大丈夫か？……蓮見、もうやめろ」

「いいえ、やめません。隠し事をするなと言ったのは水木さんだ……本当に、何も知らなかったの？」

そう返し、光輔は直央の前に進み出た。知らなかったし、自分は潔白だ。そう主張するべきなのはわかっている。だが直央は、自分がここでこうしていること、さらには自分自身でさえも信じられなくなっていた。

ここから逃げたい。いや、逃げちゃダメだ。相反する思いに胸を揺らし、直央は光輔の眼差《まなざ》しを受け止め、架川の視線も感じながら必死でその場に立っていた。

参考文献

『犯人は知らない科学捜査の最前線!』法科学鑑定研究所
メディアファクトリー　2009年
『マル暴　警視庁暴力団担当刑事』櫻井裕一　小学館新書　2021年

本書は書き下ろしです。

警視庁《けいしちょう》アウトサイダー

The《ザ》 second《セカンド》 act《アクト》 2

加藤《かとう》実秋《みあき》

令和4年 12月25日　初版発行

発行者●山下直久

発行●株式会社KADOKAWA
〒102-8177　東京都千代田区富士見2-13-3
電話　0570-002-301（ナビダイヤル）

角川文庫 23464

印刷所●株式会社暁印刷
製本所●本間製本株式会社

表紙画●和田三造

◎本書の無断複製（コピー、スキャン、デジタル化等）並びに無断複製物の譲渡および配信は、著作権法上での例外を除き禁じられています。また、本書を代行業者等の第三者に依頼して複製する行為は、たとえ個人や家庭内での利用であっても一切認められておりません。
◎定価はカバーに表示してあります。

●お問い合わせ
https://www.kadokawa.co.jp/（「お問い合わせ」へお進みください）
※内容によっては、お答えできない場合があります。
※サポートは日本国内のみとさせていただきます。
※Japanese text only

©Miaki Kato 2022　Printed in Japan
ISBN 978-4-04-113116-9　C0193

◇◇◇

角川文庫発刊に際して

角川源義

第二次世界大戦の敗北は、軍事力の敗北であった以上に、私たちの若い文化力の敗退であった。私たちの文化が戦争に対して如何に無力であり、単なるあだ花に過ぎなかったかを、私たちは身を以て体験し痛感した。西洋近代文化の摂取にとって、明治以後八十年の歳月は決して短かすぎたとは言えない。にもかかわらず、近代文化の伝統を確立し、自由な批判と柔軟な良識に富む文化層として自らを形成することに私たちは失敗して来た。そしてこれは、各層への文化の普及滲透を任務とする出版人の責任でもあった。

一九四五年以来、私たちは再び振出しに戻り、第一歩から踏み出すことを余儀なくされた。これは大きな不幸ではあるが、反面、これまでの混沌・未熟・歪曲の中にあった我が国の文化に秩序と確たる基礎を齎らすためには絶好の機会でもある。角川書店は、このような祖国の文化的危機にあたり、微力をも顧みず再建の礎石たるべき抱負と決意とをもって出発したが、ここに創立以来の念願を果すべく角川文庫を発刊する。これまで刊行されたあらゆる全集叢書文庫類の長所と短所とを検討し、古今東西の不朽の典籍を、良心的編集のもとに、廉価に、そして書架にふさわしい美本として、多くのひとびとに提供しようとする。しかし私たちは徒らに百科全書的な知識のジレッタントを作ることを目的とせず、あくまで祖国の文化に秩序と再建への道を示し、この文庫を角川書店の栄ある事業として、今後永久に継続発展せしめ、学芸と教養との殿堂として大成せんことを期したい。多くの読書子の愛情ある忠言と支持とによって、この希望と抱負とを完遂せしめられんことを願う。

一九四九年五月三日

角川文庫ベストセラー

警視庁アウトサイダー　加藤実秋

警視庁アウトサイダー2　加藤実秋

警視庁アウトサイダー3　加藤実秋

警視庁アウトサイダー
The second act 1　加藤実秋

メゾン・ド・ポリス
退職刑事のシェアハウス　加藤実秋

元マル暴のやさぐれオヤジと訳ありの好青年エース。ある〝秘密〟で繋がった異色の刑事バディが、型破りの捜査と鋭い閃きで市民を救う！「メゾン・ド・ポリス」の著者入魂、警察小説新シリーズ！

都内のアパート建設予定地で、白骨化した男性の遺体が発見された。暴力団関係者と思しき男の所持品にはなんと、刑事課長・矢上の名刺が。元マル暴刑事・架川とエース刑事・蓮見が辿り着いた切ない真実とは？

密造酒の捜査に違法薬物捜査手法のコントロールド・デリバリー!? 型破りな異色刑事バディが街の事件と組織の闇に立ち向かう！　蓮見の父の冤罪事件でも重要な証拠が見つかるが、敵も動き出し……。

春、元マル暴と訳ありエースの異色刑事バディのもとに配属されたのは、事務職志望の新米女性刑事。嚙み合わない3人だが、初日から殺人事件が発生し解決のため奔走することに……最強凸凹トリオ、誕生！

新人刑事の牧野ひよりが上司の指示で訪れた先は、退職した元刑事たちが暮らすシェアハウスだった！　敏腕、科捜のプロ、現場主義に頭脳派。事件の話を聞くうち刑事魂が再燃したおじさんたちは――。

角川文庫ベストセラー

メゾン・ド・ポリス2
退職刑事とエリート警視
加藤実秋

メゾン・ド・ポリス3
退職刑事とテロリスト
加藤実秋

メゾン・ド・ポリス4
殺人容疑の退職刑事
加藤実秋

メゾン・ド・ポリス5
退職刑事と迷宮入り事件
加藤実秋

メゾン・ド・ポリス6
退職刑事と引退大泥棒
加藤実秋

退職警官専用のシェアハウスに住むおじさんたちは、くせ者ぞろいだが捜査の腕は超一流。今度は歩道橋から転落した男性の死亡事件に首を突っ込む。困惑する新人刑事のひよりだったが、やがて意外な真相が——。

偽爆弾が設置される事件が頻発。単なるいたずらなのか？　新人刑事の牧野ひよりは、退職刑事専用のシェアハウス〈メゾン・ド・ポリス〉に住む、凄腕だけど曲者ぞろいのおじさんたちと捜査に乗り出すが……。

神社の石段下で遺体が発見された。容疑者として確保されたのはなんと、退職警官専用のシェアハウス「メゾン・ド・ポリス」に住む元刑事⁉　新人刑事の牧野ひよりとメゾンの住人は独自に捜査を進めるが……。

12年前に発生した町の人気医師殺害。現役時代の迫田痛恨の事件に新展開が。未解決事件を扱う警視庁特命班の玉置がメゾンを訪れるが、実は玉置とオーナーの伊達には因縁があり、メゾン誕生に深く関わっていた！

柳町北署管内で少女の誘拐事件が発生。少女の祖父・然治は、かつて世間を騒がせた窃盗団「忍び団」のリーダーで、誘拐は過去の窃盗と深い関わりがあった。メゾンの面々は、少女を捜す然治に協力するが……。

角川文庫ベストセラー

チャンネルファンタズモ
加藤実秋

元エリート報道マン・百太郎が再就職したのは、心霊専門CS放送局!? 元ヤンキーの構成作家・ミサと天才霊能黒猫・ヤマトと共に、取材先で遭遇したオカルト的事件の謎を追う!

ご依頼は真昼のバーへ
Barホロウの事件帳

加藤実秋

神楽坂の裏通り。朝オープンのおかしなバーへ、幼なじみの楓太に連れられた就職浪人中の隼人は、謎のイケメンバーテン・イズミのせいで素人探偵をするハメに。だがその日常にふと、ある殺人の記憶が蘇る……。

警視庁文書捜査官
麻見和史

警視庁捜査一課文書解読班――文章心理学を学び、文書の内容から筆記者の生まれや性格などを推理する技術が認められて抜擢された鳴海理沙警部補が、右手首が切断された不可解な殺人事件に挑む。

緋色のシグナル
警視庁文書捜査官エピソード・ゼロ

麻見和史

発見された遺体の横には、謎の赤い文字が書かれていた――。「品」「蟲」の文字を解読すべく、所轄の巡査部長・鳴海理沙と捜査一課の国木田が奔走。文書解読班設立前の警視庁を舞台に、理沙の推理が冴える!

永久囚人
警視庁文書捜査官

麻見和史

文字を偏愛する鳴海理沙班長が率いる捜査一課文書解読班。そこへ、ダイイングメッセージの調査依頼が舞い込んできた。ある稀覯本に事件の発端があるとわかり作者を追っていくと、更なる謎が待ち受けていた。

角川文庫ベストセラー

灰の轍
警視庁文書捜査官
麻見和史

影の斜塔
警視庁文書捜査官
麻見和史

愚者の檻
警視庁文書捜査官
麻見和史

銀翼の死角
警視庁文書捜査官
麻見和史

茨の墓標
警視庁文書捜査官
麻見和史

遺体の傍に、連続殺人計画のメモが見つかった！　さらに、遺留品の中から、謎の切り貼り文が発見され――。連続殺人を食い止めるため、捜査一課文書解読班を率いる鳴海理沙が、メモと暗号の謎に挑む！

ある殺人事件に関わる男を捜索し所有する文書を入手せよ――。文書解読班の主任、鳴海理沙に、機密命令が下された。手掛かりは1件の目撃情報のみ。班解散の危機と聞き、理沙は全力で事件解明に挑む！

頭を古新聞で包まれ口に金属活字を押し込まれた遺体が発見された。被害者の自宅からは謎の暗号文も見つかり、理沙たち文書解読班は捜査を始める。一方で矢代は岩下管理官に殺人班への異動を持ち掛けられ⁉

新千歳から羽田へ向かうフライトでハイジャックが発生！　SITが交渉を始めるが、犯人はなぜか推理ゲームを仕掛けてくる。理沙たち文書解読班は理不尽なゲームに勝ち、人質を解放することができるのか⁉

都内で土中から見つかった身元不明の男性の刺殺遺体。そのポケットには不気味な四行詩が残されていた。理沙たち文書解読班は男性の身元と詩の示唆する内容を捜査し始めるが、次々と遺体と詩が見つかり……。

角川文庫ベストセラー

名探偵、初心者ですが
舞田ひとみの推理ノート
歌野晶午

焼け跡から女の刺殺体が。所轄の刑事、舞田歳三は、11歳の姪、ひとみの言葉をきっかけに事件の盲点に気づき……次々に起きる難事件に叔父・姪コンビが挑む！　予測不能な本格ミステリ！

名探偵は反抗期
舞田ひとみの推理ノート
歌野晶午

募金詐欺師の女を追う女子中学生3人組と出会った14歳の舞田ひとみは、成り行きで殺人事件に巻き込まれ……次々起きる難事件。予測不能の真相に驚愕必至の大胆不敵な本格青春ミステリ。

誘拐リフレイン
舞田ひとみの推理ノート
歌野晶午

かつて、いくつもの難事件を解決した少女・舞田ひとみは、幼児の誘拐事件に巻き込まれる。ひとみは誘拐された子供を見つけ出すが、それは静かな街を飲み込む壮大な事件の序章に過ぎなかった……。

逸脱
捜査一課・澤村慶司
堂場瞬一

10年前の連続殺人事件を模倣した、新たな殺人事件。県警を嘲笑うかのような犯人の予想外の一手。県警捜査一課の澤村は、上司と激しく対立し孤立を深める中、単身犯人像に迫っていくが……。

歪
捜査一課・澤村慶司
堂場瞬一

長浦市で発生した2つの殺人事件。無関係かと思われた事件に意外な接点が見つかる。容疑者の男女は高校の同級生で、事件直後に故郷で密会していたのだ。県警捜査一課の澤村は、雪深き東北へ向かうが……。

角川文庫ベストセラー

執着
捜査一課・澤村慶司

堂場瞬一

県警捜査一課から長浦南署への異動が決まった澤村。その赴任署にストーカー被害を訴えていた竹山理彩が、出身地の新潟で焼死体で発見された。澤村は突き動かされるようにひとり新潟へ向かったが……。

砂の家

堂場瞬一

「お父さんが出所しました」大手企業で働く健人に、弁護士から突然の電話が。20年前、母と妹を刺し殺して逮捕された父。「殺人犯の子」として絶望的な日々を送ってきた健人の前に、現れた父は——。

警視庁SM班Ｉ
シークレット・ミッション

富樫倫太郎

警視庁捜査一課に新設された強行犯特殊捜査班。そこは優秀だが組織に上手く馴染めない事情を持った刑事6人が集められた部署だった。彼らが最初に挑むのは女子大生の身体の一部が見つかった猟奇事件で——!

警視庁SM班Ⅱ
モンスター

富樫倫太郎

若い女性の人体パーツ販売の犯人は逮捕された。だが事件に関係した女性たちが謎の失踪を遂げ、班長の薬寺までもが消えてしまう。まだあの事件は終わっていないというのか？　個性派チームが再出動する!

切り裂きジャックの告白
刑事犬養隼人

中山七里

臓器をすべてくり抜かれた死体が発見された。やがてテレビ局に犯人から声明文が届く。いったい犯人の狙いは何か。さらに第二の事件が起こり……警視庁捜査一課の犬養が執念の捜査に乗り出す!

角川文庫ベストセラー

七色の毒
刑事犬養隼人
中山七里

次々と襲いかかるどんでん返しの嵐！『切り裂きジャックの告白』の犬養隼人刑事が、〝色〟にまつわる7つの怪事件に挑む。人間の悪意をえぐり出した、傑作ミステリ集！

ハーメルンの誘拐魔
刑事犬養隼人
中山七里

少女を狙った前代未聞の連続誘拐事件。身代金は合計70億円。捜査を進めるうちに、子宮頸がんワクチンにまつわる医療業界の闇が次第に明らかになっていき――。孤高の刑事が完全犯罪に挑む！

ドクター・デスの遺産
刑事犬養隼人
中山七里

死ぬ権利を与えてくれ――。安らかな死をもたらす白衣の訪問者は、聖人か、悪魔か。警視庁VS闇の医師、極限の頭脳戦が幕を開ける。安楽死の闇と向き合った警察医療ミステリ！

脳科学捜査官 真田夏希
鳴神響一

神奈川県警初の心理職特別捜査官・真田夏希は、医師免許を持つ心理分析官。横浜のみなとみらい地区で発生した爆発事件に、編入された夏希は、そこで意外な相棒とコンビを組むことを命じられる――。

脳科学捜査官 真田夏希
イノセント・ブルー
鳴神響一

神奈川県警初の心理職特別捜査官の真田夏希は、友人から紹介された相手と江の島でのデートに向かっていた。だが、そこは、殺人事件現場となっていた。そして、夏希も捜査に駆り出されることになるが……。

角川文庫ベストセラー

脳科学捜査官 真田夏希
イミテーション・ホワイト

鳴神響一

神奈川県警初の心理職特別捜査官・真田夏希が招集された事件は、異様なものだった。会社員が殺害された後に、花火が打ち上げられたのだ。これは殺人予告なのか。夏希はSNSで被疑者と接触を試みるが――。

脳科学捜査官 真田夏希
クライシス・レッド

鳴神響一

三浦半島の剱崎で、厚生労働省の官僚が銃弾で撃たれ殺された。心理職特別捜査官の真田夏希は、この捜査で根岸分室の上杉と組むように命じられる。上杉は、警察庁からきたエリートのはずだったが……。

脳科学捜査官 真田夏希
ドラスティック・イエロー

鳴神響一

横浜の山下埠頭で爆破事件が起きた。捜査本部に招集された神奈川県警の心理職特別捜査官の真田夏希は、カジノ誘致に反対するという犯行声明に奇妙な違和感を感じていた――。書き下ろし警察小説。

脳科学捜査官 真田夏希
パッショネイト・オレンジ

鳴神響一

鎌倉でテレビ局の敏腕アニメ・プロデューサーが殺された。犯人からの犯行声明は、彼が制作したアニメを批判するもので、どこか違和感が漂う。心理職特別捜査官の真田夏希は、捜査本部に招集されるが……。

脳科学捜査官 真田夏希
デンジャラス・ゴールド

鳴神響一

葉山にある霊園で、大学教授の一人娘が誘拐された。その娘、龍造寺ミーナは、若年ながらプログラムの天才。果たして犯人の目的は何なのか？ 指揮本部に招集された真田夏希は、ただならぬ事態に遭遇する。

角川文庫ベストセラー

脳科学捜査官 真田夏希
エキサイティング・シルバー

鳴神響一

キャリア警官の織田と上杉の同期である北条直人が失踪した。北条は公安部で、国際犯罪組織を追っていたという。北条の身を案じた2人は、秘密裏に捜査を開始するが――。シリーズ初の織田と上杉の捜査編。

脳科学捜査官 真田夏希
ストレンジ・ピンク

鳴神響一

神奈川県茅ヶ崎署管内で爆破事件が発生した。捜査本部に招集された心理職特別捜査官の真田夏希は、SNSを通じて容疑者と接触を試みるが、容疑者は正義を掲げ、連続爆破を実行していく。

脳科学捜査官 真田夏希
エピソード・ブラック

鳴神響一

警察庁の織田と神奈川県警根岸分室の上杉。二人には、決して忘れることができない「もうひとりの同期」がいた。彼女の名は五条香里奈。優秀な警察官僚だった彼女は、事故死したはずだった――。

探偵倶楽部

東野圭吾

「我々は無駄なことはしない主義なのです」――冷静かつ迅速。そして捜査は完璧。セレブ御用達の調査機関〈探偵倶楽部〉が、不可解な難事件を鮮やかに解き明かす！　東野ミステリの隠れた傑作登場!!

殺人の門

東野圭吾

あいつを殺したい。奴のせいで、私の人生はいつも狂わされてきた。でも、私には殺すことができない。殺人者になるために、私には一体何が欠けているのだろうか。心の闇に潜む殺人願望を描く、衝撃の問題作！

角川文庫ベストセラー

使命と魂のリミット　東野圭吾

あの日なくしたものを取り戻すため、私は命を賭ける——。心臓外科医を目指す夕紀は、誰にも言えないある目的を胸に秘めていた。それを果たすべき日に、手術室を前代未聞の危機が襲う。大傑作長編サスペンス。

夜明けの街で　東野圭吾

不倫する奴なんてバカだと思っていた。でもどうしようもない時もある——。建設会社に勤める渡部は、派遣社員の秋葉と不倫の恋に墜ちる。しかし、秋葉は誰にも明かせない事情を抱えていた……。

ナミヤ雑貨店の奇蹟　東野圭吾

あらゆる悩み相談に乗る不思議な雑貨店。そこに集う、人生最大の岐路に立った人たち。過去と現在を超えて温かな手紙交換がはじまる……張り巡らされた伏線が奇蹟のように繋がり合う、心ふるわす物語。

ラプラスの魔女　東野圭吾

遠く離れた2つの温泉地で硫化水素中毒による死亡事故が起きた。調査に赴いた地球化学研究者・青江は、双方の現場で謎の娘を目撃する——。東野圭吾が小説の常識をくつがえして挑んだ、空想科学ミステリ！

超・殺人事件　東野圭吾

人気作家を悩ませる巨額の税金対策。思いつかない結末。褒めるところが見つからない書評の執筆……作家たちの俗すぎる悩みをブラックユーモアたっぷりに描いた切れ味抜群の8つの作品集。

角川文庫ベストセラー

魔力の胎動　東野圭吾

彼女には、物理現象を見事に言い当てる、不思議な〝力〟があった。彼女によって、悩める人たちが救われていく……東野圭吾が小説の常識を覆した衝撃のミステリ『ラプラスの魔女』につながる希望の物語。

刑事に向かない女　山邑圭

採用試験を間違い、警察官となった椎名真帆は、交通課勤務の優秀さからまたしても意図せず刑事課に配属されてしまった。殺人事件を担当することになった真帆の、刑事としての第一歩がはじまるが……。

刑事に向かない女　違反捜査　山邑圭

都内のマンションで女性の左耳だけが切り取られた絞殺死体が発見された。荻窪東署の椎名真帆は、この捜査でなぜか大森湾岸署の村田刑事と組まされることになる。村田にはなにか密命でもあるのか……。

刑事に向かない女　黙認捜査　山邑圭

解体中のビルで若い男の首吊り死体が発見された。男は元警察官で、強制わいせつ致傷罪で服役し、出所したばかりだった。自殺かと思われたが、荻窪東署の刑事・椎名真帆は、他殺の匂いを感じていた。

コールド・ファイル　警視庁刑事部資料課・比留間怜子　山邑圭

初めての潜入捜査で失敗し、資料課へ飛ばされた比留間怜子は、捜査の資料を整理するだけの窓際部署で、鬱々とした日々を送っていた。だが、被疑者死亡で終わった事件が、怜子の運命を動かしはじめる！

角川文庫ベストセラー

警視庁53《ゴーサン》教場
吉川英梨

捜査一課の五味のもとに、警察学校教官の首吊り死体発見の報せが入る。死亡したのは、警察学校時代の仲間だった。五味はやがて、警察学校在学中の出来事が今回の事件に関わっていることに気づくが――。

偽弾《ぎだん》の墓
警視庁53《ゴーサン》教場
吉川英梨

警察学校で教官を務める五味。新米教官ながら指導に奮闘していたある日、学生が殺人事件の容疑者になってしまう。やがて学校内で覚醒剤が見つかるなどトラブルが続き、五味は事件解決に奔走するが――。

聖母の共犯者
警視庁53《ゴーサン》教場
吉川英梨

府中警察署で脱走事件発生――。脱走犯の行方を追っていた矢先、卒業式真っ只中の警察学校で立てこもり事件も起きて……あってはならない両事件。かかわる人々の思惑は⁉　人気警察学校小説シリーズ第3弾！

正義の翼
警視庁53《ゴーサン》教場
吉川英梨

府中市内で交番の警官が殺された――。事件を追っていた矢先、過去になく団結していた53教場内で騒動が……警官殺しの犯人と教場内の不穏分子の正体は？　各人の思惑が入り乱れる、人気シリーズ第4弾！

カラスの祈り
警視庁53《ゴーサン》教場
吉川英梨

捜査一課の転属を断り警察学校に残った五味は、窮地に立たされていた。元凶は一昨年に卒業をさせなかった〝あの男〟――。53教場最大のピンチで全員〝卒業〟は叶うのか⁉　人気シリーズ衝撃の第5弾！